浅茶满酒
煮生活

梁实秋 老舍 朱自清 等著

——苟敏 编选

台海出版社

图书在版编目（CIP）数据

浅茶满酒煮生活 / 梁实秋等著 ；苟敏编选.

北京 ： 台海出版社， 2025. 8. -- ISBN 978-7-5168

-4301-7

Ⅰ. I266

中国国家版本馆CIP数据核字第202556J3S6号

浅茶满酒煮生活

著　　者：梁实秋等		编选者：苟　敏
责任编辑：俞滟荣		策划编辑：潘江祥

出版发行：台海出版社

地　　址：北京市东城区景山东街20号　　邮政编码：100009

电　　话：010-64041652（发行，邮购）

传　　真：010-84045799（总编室）

网　　址：www.taimeng.org.cn/thcbs/default.htm

E－m a i l：thcbs@126.com

经　　销：全国各地新华书店

印　　刷：三河市兴博印务有限公司

本书如有破损、缺页、装订错误，请与本社联系调换

开　　本：889毫米×1194毫米		1/32	
字　　数：140千字		印　　张：7	
版　　次：2025年8月第1版		印　　次：2025年8月第1次印刷	
书　　号：ISBN 978-7-5168-4301-7			

定　　价：58.00元

杏子

陶光民齊白石畫

秋果

《秋果》 齐白石作

《蟹》 齐白石作

2

《枇杷蚱蜢》 齐白石作

《丝瓜昆虫》 齐白石作

编选说明

EDIT MEMO

《浅茶满酒煮生活》精选了梁实秋、老舍、朱自清等中国名家的经典散文作品41篇，是多位散文大家关于饮食的文字集锦，围炉烤茶，故园千里，心系一食。其中多篇文章为央视《朗读者》诵读，《人民日报》多次推荐，是一部饕餮客们的饮食指南。

书中所录文章以各个作家在人民文学出版社所出版本为底本，参考了包括作家出版社、译林出版社、北京十月文艺出版社等多部不同年份出版的读本编辑而成，为最大程度上保留原作精髓，对部分字词及标点符号用法，譬如"的、得、地"都依循了原作。因所选文章成书年份不同，书中不同篇目中的字词用法并不统一，特此说明。

本书以叙述日常饮食为主线，原汁原味原貌地呈现了《豆腐》《蟹》《落花生》等经典篇目，精华之选，以飨读者。

　　　　　　　　　　　苟敏于西安

　　　　　　　　　　　2025年7月15日

目录
CONTENTS

辑一　走南闯北吃东西

002　**豆　腐** ························ 梁实秋

豆腐是我们中国食品中的瑰宝。

006　**狮子头** ························ 梁实秋

狮子头人人会作，巧妙各有不同。

009　**蟹** ························ 梁实秋

蟹是美味，人人喜爱，无间南北，不分雅俗。

013　**西红柿** ························ 老　舍

想当年我还梳小辫，系红头绳的时候，西红柿还没有番茄这点威风。

016 **再谈西红柿** ·················· 老 舍

这就应当来到西红柿身上，此洋菜也。

019 **吃莲花的** ·················· 老 舍

等到末日，我们一同埋葬了自己吧！莲
啊莲！

024 **落花生** ·················· 老 舍

落花生在哪里都有人缘，自天子以至庶人
都跟它是朋友；这不容易。

028 **年来处处食西瓜** ·················· 周瘦鹃

"碧蔓凌霜卧软沙，年来处处食西瓜"，这
是宋代范成大咏西瓜园诗中句。

030 **闲话荔枝** ·················· 周瘦鹃

牡丹既被称为花王，那么荔枝该尊为果王了。

033 **枸 杞** ·················· 周瘦鹃

枸杞原是两种植物的名称，因其棘如枸之
刺，茎如杞之条，所以并作一名。

辑二　惟有饮者留其名

038　喝　茶 ························· 鲁　迅

有好茶喝，会喝好茶，是一种"清福"。

041　喝　茶 ························· 梁实秋

茶是开门七件事之一，乃人生必需品。

046　饮　酒 ························· 梁实秋

酒不能解忧，只是令人在由兴奋到麻醉的
过程中暂时忘怀一切。

051　茶　话 ························· 周瘦鹃

吃茶的风气始于晋代。

056　喝　茶 ························· 周作人

喝茶当于瓦屋纸窗之下，清泉绿茶，用素
雅的陶瓷茶具，同二三人共饮，得半日之
闲，可抵十年的尘梦。

060 **再论吃茶** ·············· 周作人

茶理精于唐，茶事盛于宋，要无所谓撮泡
茶者。

067 **多鼠斋杂谈（节选）** ·········· 老 舍

有一杯好茶，我便能万物静观皆自得。

**辑
三**

风味在人间

072 **荔枝蜜** ················· 杨 朔

蜜蜂是在酿蜜，又是在酿造生活；不是为
自己，而是在为人类酿造最甜的生活。

077 **羊肝饼** ················· 周作人

有一件东西，是本国出产的，被运往外国
经过四五百年之久，又运了回来，却换了
别一个面貌了。

080 **蜀　黍** ···················· 王统照

粗糙是有的，可颇富于滋养力。

085 **结缘豆** ···················· 周作人

结缘的意义何在？大约是从佛教进来以
后，中国人很看重缘，有时候还至于说得
很有点神秘，几乎近于命数。

091 **落花生** ···················· 许地山

这小小的豆不像那好看的苹果、桃子、石
榴，把他们底果实悬在枝上，鲜红嫩绿的
颜色，令人一望而发生羡慕底心。

093 **北京的茶食** ···················· 周作人

我们于日用必需的东西以外，必须还有
一点无用的游戏与享乐，生活才觉得有
意思。

096 **南北的点心** ···················· 周作人

就是水点心，在北方作为常食的，也改
作得特别精美，成为以赏味为目的的闲
食了。

104 **杨贵妃吃荔枝** ·················· 周瘦鹃

荔枝生于炎方，多吃确是太热，据说蜜浆
可解，或以荔壳浸水饮之亦可。

107 **恰夏果杨梅万紫稠** ··············· 周瘦鹃

一路走去，常常听得路旁杨梅树上响起一
片清脆的笑声，从密密的绿叶丛中透将
出来。

辑四　最是烟火抚人心

114 **吃　的** ····························· 朱自清

女的怕胖，胖了难看；男的也爱那股标劲
儿，要像个运动家。

121 **新年底故事** ······················· 朱自清

我不管好歹，眼里只顾看着面前的一只
碗，嘴里不住地嚼着。

128　**背　影** ························· 朱自清

　　我再向外看时，他已抱了朱红的橘子望回
　　走了。

132　**菠萝园** ························· 杨　朔

　　那菠萝又大又鲜，咬一口，真甜，浓汁顺
　　着我的嘴角往下淌。

137　**饿** ························· 萧　红

　　在"偷"这一刻，郎华也是我的敌人；假
　　若我有母亲，母亲也是敌人。

144　**黑"列巴"和白盐** ··············· 萧　红

　　黑"列巴"和白盐，许多日子成了我们惟
　　一的生命线。

146　**故乡的野菜** ··············· 周作人

　　农人在收获后，播种田内，用作肥料，是
　　一种很被贱视的植物，但采取嫩茎瀹食，
　　味颇鲜美，似豌豆苗。

150　**枣（旅客的话一）**……………　废　名

清早开门，满地枣红，简直是意外的欢
喜，昨夜的落地不算事了。

156　**枣**……………………………………　周瘦鹃

我所最最爱吃的，还是北京加工制过的金
丝大蜜枣，上口津津有味，腴美极了。

辑五

吃中有真意

162　**饮食男女在福州**………………　郁达夫

福州海味，在春三二月间，最流行而最肥
美的，要算来自长乐的蚌肉，与海滨一带
多有的蛎房。

173　**筷　子**………………………………　老　舍

自然，天下还有许多比筷子大着许多倍
的事。

175　论吃饭 ···················· 朱自清

　　这吃饭第一的道理，一般社会似乎也都
默认。

182　"靠天吃饭" ···················· 鲁　迅

　　"靠天吃饭说"是我们中国的国宝。

184　读《中国吃》 ···················· 梁实秋

　　北平的吃食，怎么说也说不完。

198　再谈中国吃 ···················· 梁实秋

　　所谓鼎食之家，大概也不过是五鼎食。

浅茶
满酒
煮生活

辑一

走南闯北吃东西

豆　腐

梁实秋

　　豆腐是我们中国食品中的瑰宝。豆腐之法，是否始于汉淮南王刘安，没有关系，反正我们已经吃了这么多年，至今仍然在吃。在海外留学的人，到唐人街杂碎馆打牙祭少不了要吃一盘烧豆腐，方才有家乡风味。有人在海外由于制豆腐而发了财，也有人研究豆腐而得到学位。

　　关于豆腐的事情，可以编写一部大书，现在只是谈谈几项我个人所喜欢的吃法。

　　凉拌豆腐，最简单不过。买块嫩豆腐，冲洗干净，加上一些葱花，撒些盐，加麻油，就很好吃。若是用红酱豆腐的汁浇上去，更好吃。至不济浇上一些酱油膏和麻油，也不错。我最喜欢的是香椿拌豆腐。香椿就是庄子所说的"以八千岁为春，以八千岁为秋"的椿。取其吉利，我家后院植有一棵不大不小的香椿树，春发嫩芽，绿中微带红色，摘下来用沸水一烫，切成碎末，拌豆腐，有奇香。可是别误摘臭椿，臭椿就是樗，《本草纲目》李时珍曰："其叶臭恶，歉年人或采食。"近来台湾也有香椿芽偶然在市上出现，虽非臭椿，但是嫌其太粗壮，香气不足。在北平，和香椿拌豆腐可以相提并论的是黄瓜拌豆腐，这黄瓜若是冬天温室里长出来的，在没有黄瓜的季节吃黄瓜拌豆腐，其乐也如何？比松花拌豆腐好吃得多。

鸡刨豆腐是普通家常菜，可是很有风味。一块老豆腐用铲子在炒锅热油里戳碎，戳得乱七八糟，略炒一下，倒下一个打碎了的鸡蛋，再炒，加大量葱花。养过鸡的人应该知道，一块豆腐被鸡刨了是什么样子。

锅塌豆腐又是一种味道。切豆腐成许多长方块，厚薄随意，裹以鸡蛋汁，再裹上一层芡粉，入油锅炸，炸到两面焦，取出。再下锅，浇上预先备好的调味汁，如酱油、料酒等，如有虾子羼入更好。略烹片刻，即可供食。虽然仍是豆腐，然已别有滋味。台北天厨陈万策老板，自己吃长斋，然喜烹调，推出的锅塌豆腐就是北平作风。

沿街担贩有卖"老豆腐"者。担子一边是锅灶，煮着一锅豆腐，久煮成蜂窝状，另一边是碗匙、作料如酱油、醋、韭菜末、芝麻酱、辣椒油之类。这样的老豆腐，自己在家里也可以做。天厨的老豆腐，加上了鲍鱼、火腿等，身份就不一样了。

拦贩亦有吆喝"卤煮啊，炸豆腐"者，他卖的是炸豆腐，三角形的，间或还有加上炸豆腐丸子的，煮得烂，加上些作料如花椒之类，也别有风味。

一九二九年至一九三〇年之际，李璜先生宴客于上海四马路美丽川（应该是美丽川菜馆，大家都称之为美丽川），我记得在座的有徐悲鸿、蒋碧微等人，还有我不能忘的席中的一道"蚝油豆腐"。事隔五十余年，不知李幼老还记得否。蚝油豆腐用头号大盘，上面平铺着嫩豆腐，一片片的像瓦垄然，整齐端正，黄澄澄的稀溜溜的蚝油汁洒在上面，亮晶晶的。那时候四川菜在上海初露头角，我首次品尝，诧为异味，此后数十年间吃过无数次川菜，不曾再遇此一杰作。我揣想那一盘豆腐是摆好之后去蒸的，然后浇汁。

厚德福有一道名菜，尝过的人不多，因为非有特殊关系或情形他们不肯做，做起来太麻烦，这就是"罗汉豆腐"。豆腐捣成泥，加芡粉以增其黏性，然后捏豆腐泥成小饼状，实以肉馅，和捏汤团一般，下锅过油，再下锅红烧，辅以作料。罗汉是断尽三界一切见思惑的圣者，焉肯吃外表豆腐而内含肉馅的丸子，称之为"罗汉豆腐"是有揶揄之意，而且也没有特殊的美味，和"佛跳墙"同是噱头而已。

冻豆腐是广受欢迎的，可下火锅，可做冻豆腐粉丝熬白菜（或酸菜）。有人说，玉泉山的冻豆腐最好吃，泉水好，其实也未必。凡是冻豆腐，味道都差不多。我常看到北方的劳苦人民，辛劳一天，然后拿着一大块锅盔，捧着一黑皮大碗的冻豆腐粉丝熬白菜，稀里咕噜地吃，我知道他自食其力，他很快乐。

狮子头

梁实秋

这样的狮子头，不能用筷子夹，要用羹匙舀，其嫩有如豆腐。肉里要加葱汁、姜汁、盐。愿意加海参、虾仁、荸荠、香蕈，各随其便，不过也要切碎。

狮子头，扬州名菜。大概是取其形似，而又相当大，故名。北方饭庄称之为四喜丸子，因为一盘四个。北方做法不及扬州狮子头远甚。

我的同学王化成先生，扬州人，幼失怙，赖姑氏扶养成人，姑善烹调，化成耳濡目染，亦通调和鼎鼐之道。化成官外交部多年，后外放葡萄牙公使历时甚久，终于任上。他公余之暇，常亲操刀俎，以娱嘉宾。狮子头为其拿手杰作之一，曾以制作方法见告。

　　狮子头人人会作，巧妙各有不同。化成教我的方法是这样的——首先取材要精。细嫩猪肉一大块，七分瘦三分肥，不可有些许筋络纠结于其间。切割之际最要注意，不可切得七歪八斜，亦不可剁成碎泥，其秘诀是"多切少斩"。挨着刀切成碎丁，越碎越好，然后略为斩剁。

　　次一步骤也很重要。肉里不羼芡粉，容易碎散；加了芡粉，粘糊糊的不是味道。所以调好芡粉要抹在两个手掌上，然后捏搓肉末成四个丸子，这样丸子外表便自然糊上了一层芡粉，而里面没有。把丸子微微按扁，下油锅炸，以丸子表面紧绷微黄为度。

　　再下一步是蒸。碗里先放一层转刀块冬笋垫底，再不然就横切黄芽白作墩形数个也好。把炸过的丸子轻轻放在碗里，大火蒸一个钟头以上。揭开锅盖一看，浮着满碗的油，用大匙把油撇去，或用大吸管吸去，使碗里不见一滴油。

　　这样的狮子头，不能用筷子夹，要用羹匙舀，其嫩有如豆腐。肉里要加葱汁、姜汁、盐。愿意加海参、虾仁、荸荠、香蕈，各随其便，不过也要切碎。

　　狮子头是雅舍食谱中重要的一色。最能欣赏的是当年在北碚的编译馆同仁萧毅武先生，他初学英语，称之为"莱阳海带"，见之辄眉飞色舞。化成客死异乡，墓木早拱矣，思之怃然！

蟹

梁实秋

　　蟹是美味，人人喜爱，无间南北，不分雅俗。当然我说的是河蟹，不是海蟹。在台湾有人专程飞到香港去吃大闸蟹。好多年前我的一位朋友从香港带回了一篓螃蟹，分飨了我两只，得膏馋吻。蟹不一定要大闸的，秋高气爽的时节，大陆上任何湖沼、溪流，岸边稻米、高粱一熟，率多盛产螃蟹。在北平，在上海，小贩担着螃蟹满街吆唤。

　　七尖八团，七月里吃尖脐（雄），八月里吃团脐（雌），那是蟹正肥的季节。记得小时候在北平，每逢到了这个季节，家里总要大吃几顿，每人两只，一尖一团。照例通知长发送五斤花雕全家共饮。有蟹无酒，那是大煞风景的事。《晋书·毕卓传》："右手持酒杯，左手持蟹螯，拍浮酒船中，便足了一生矣！"我们虽然没有那样狂，也很觉得乐陶陶了。母亲对我们说，她小时候在杭州家里吃螃蟹，要慢条斯理，细吹细打，一点蟹肉都不能糟蹋。食毕要把破碎的蟹壳放在戥子上称一下，看谁的一份儿分量轻，表示吃得最干净，有奖。我心粗气浮，没有耐心，蟹的小腿部分总是弃而不食，肚子部分囫囵略咬而已。每次食毕，母亲教我们到后院采择艾尖一大把，搓碎了洗手，去腥气。

在餐馆里吃"炒蟹肉"，南人称"炒蟹粉"，有肉有黄，免得自己剥壳，吃起来痛快，味道就差多了。西餐馆把蟹肉剥出来，填在蟹匡里（蟹匡即蟹壳）烤，那种吃法别致，也索然寡味。食蟹而不失原味的唯一方法是放在笼屉里整只地蒸。在北平吃螃蟹的唯一好去处是前门外肉市正阳楼。他家的蟹特大而肥。从天津运到北平的大批蟹，到车站开包，正阳楼先下手挑拣其中最肥大者，比普通摆在市场或担贩手中者可以大一倍有余。我不知道他家是怎样获得这一特权的。蟹到店中畜在大缸里，浇鸡蛋白催肥，一两天后才应客。我曾掀开缸盖看过，满缸的蛋白泡沫。食客每人一副小木槌、小木垫，黄杨木制，旋床子定制的，小巧合用，敲敲打打，可免牙咬手剥之劳。我们因为是老主顾，伙计送了我们好几副这样的工具。这个伙计还有一个绝活，能吃活蟹，请他表演他也不辞。他取来一只活蟹，两指掐住蟹匡，任它双螯乱舞，轻轻把脐掰开，咔嚓一声把蟹壳揭开，然后扯碎入口大嚼，看得人无不心惊。据他说味极美，想来也和吃炝活虾差不多。在正阳楼吃蟹，每客一尖一团足矣，然后补上一碟烤羊肉夹烧饼而食之，酒足饭饱。别忘了要一碗余大甲。这碗汤妙趣无穷，高汤一碗煮沸，投下剥好了的蟹螯七八块，立即起锅注在碗内，撒上芫荽末、胡椒粉和切碎了的回锅老油条。除了这一味余大甲，没有任何别的羹汤可以压得住这一餐饭的阵脚。以蒸蟹始，以大甲汤终，前后照应，犹如一篇起承转合的文章。

蟹黄、蟹肉有许多种吃法，烧白菜、烧鱼唇、烧鱼翅都可以。蟹黄烧卖则尤其可口，唯必须真有蟹黄、蟹肉放在馅内才好，不是一两小块蟹黄摆在外面做样子的。蟹肉可以腌后收藏起来，是为"蟹胥"，俗名为"蟹酱"。这是我们古已有之的美味。《周礼·天官·庖人》注："青州之蟹胥。"青州在山东，我在山东住过，却不曾吃过青州蟹胥，但是我有一位家在芜湖的同学，他从家乡带了一小坛蟹酱给我。打开坛子，黄澄澄的蟹油一层，香气扑鼻。一碗阳春面，加进一两匙蟹酱，岂止是"清水变鸡汤"？

　　海蟹虽然味较差，但是个子粗大，肉多。从前我乘船路过烟台、威海卫，停泊之后，舢板云集，大半是贩卖螃蟹和大虾的。都是煮熟了的，价钱便宜，买来就可以吃。虽然微有腥气，聊胜于无。生平吃海蟹最满意的一次，是在美国华盛顿州的安哲利斯港的码头附近。买得两只巨蟹，硕大无朋，从冰柜里取出，却十分新鲜，也是煮熟了的。一家人乘等候轮渡之便，在车上分而食之，味甚鲜美，和河蟹相比各有千秋。这一次的享受至今难忘。

　　陆放翁诗："磊落金盘荐糖蟹。"我不知道螃蟹可以加糖。可是古人记载确有其事。《清异录》："炀帝幸江州，吴中贡糖蟹。"《梦溪笔谈》："大业中，吴郡贡蜜蟹二千头。……又何胤嗜糖蟹。大抵南人嗜咸，北人嗜甘，鱼蟹加糖蜜，盖便于北俗也。"

　　如今北人没有这种风俗，至少我没有吃过甜螃蟹，我只吃过南人的醉蟹，真咸！螃蟹蘸姜醋，是标准的吃法，常有人在醋里加糖，变成酸甜的味道，怪！

西红柿

老　舍

　　所谓番茄炒虾仁的番茄，在北平原叫作西红柿，在山东各处则名为洋柿子，或红柿子。想当年我还梳小辫，系红头绳的时候，西红柿还没有番茄这点威风。它的价值，在那不文明的时代，不过与"赤包儿"相等，给小孩儿们拿着玩玩而已。大家作"娶姑娘扮姐姐"玩耍的时节，要在小板凳上摆起几个红胖发亮的西红柿，当作喜筵，实在漂亮。可是，它的价值只是这么点，而且连这一点还不十分稳定，至于在大小饭铺里，它是完全没有份儿的。这种东西，特别是在叶子上，有些不得人心的臭味——按北平的话说，这叫作"青气味儿"。所谓"青气味儿"，就是草木发出来的那种不好闻的味道，如楮树叶儿和一些青草，都是有此气味的。可怜的西红柿，果实是那么鲜丽，而被这个味儿给累住，像个有狐臭的美人。不要说是吃，就是当"花儿"看，它也是没有"凉水茄"，"番椒"等那种可以与美人蕉，翠雀儿等草花同在街上售卖的资格。小孩儿拿它玩耍，仿佛也是出于不得已；这种玩艺儿好玩不好吃，不像落花生或枣子那样可以"吃玩两便"。其实呢，西红柿的味道并不像它的叶子那么臭恶，而且不比臭豆腐难吃，可是那股青气味儿到底要了它的命。除了这点味道，恐怕它的失败在于它那点四不像的劲儿：拿它当果子看待，它甜不如果，脆不如瓜；拿它当菜吃，煮熟之后屁味没有，稀松一堆，没点"嚼头"；它最宜生吃，可是那股味儿，不果不瓜不菜，亦可以休矣！

西红柿转运是在近些年，"番茄"居然上了菜单，由英法大菜馆而渐渐侵入中国饭铺，连山东馆子也要报一报"番茄虾银（仁）儿"！文化的侵略哟，门牙也挡不住呀！可是细一看呢，饭馆里的番茄这个与那个，大概都是加上了点番茄汁儿，粉红怪可看，且不难吃；至于整个的鲜番茄，还没多少人肯大嘴的啃。肯生吞它的，或者还得算留过洋的人们和他们的儿女，到底他们的洋味地道些。

近来西医宣传西红柿里含有维他命A至W，可是必须生吃，这倒有点别扭。不过呢，国人是最注意延年益寿，滋阴补肾的东西，或者这点青气味儿也不难于习惯下来的；假如国医再给证明一下：番茄加鹿茸可以壮阳种子，我想它的前途正自未可限量咧。

再谈西红柿

老 舍

　　因为字数的限制，上期讲西红柿未能讲到"人生于世"，或西红柿与二次世界大战的关系，故须再谈。不过呢，这次还是有字数的限制，能否把西红柿与人生于世二者之间的"然而一大转"转过来，还没十分的把握。由再谈而三谈也是很可能的，文章必须"作"也。这次"再谈"，顶好先定妥范围，以便思想集中，而免贪多嚼不烂，"人生于世"且到后帐歇息为妙。

　　《避暑录话》里的话，本当于青岛有关系；再谈西红柿少不得"人生于青岛"，即使暂时不谈"人生于世"。话不落空，即是范围妥定，文章义法不能不讲究。

　　青岛是富有洋味的地方，洋人洋房洋服洋药洋葱洋蒜，一应俱全。海边上看洋光眼子，亦甚写意。这就应当来到西红柿身上，此洋菜也。

记得前些年，北平的"农事试验场"——种了不少西红柿；每当夏季，天天早晨大挑子的往东城挑，为是卖给东交民巷一带等处的洋人，据说是很赚钱。青岛的洋人既不少，而且洋派的中国人也甚多，这就难怪到处看见西红柿。设若以这种"菜"的量数测定欧化的程度深浅，青岛当然远胜于北平。由这个线索往下看，青岛的菜市就显出与众不同，西红柿而外，还有许多洋玩艺儿呢。这些洋东西之中，像洋樱桃，杨梅等，自然已经不很刺眼，正如冰激凌已不像前些年那样冰舌头。至于什么rhubarb（菜用大黄叶梗）咧，什么gooseberry（醋栗）咧，和冬瓜茄子一块儿摆着，不知怎的就有点不得劲儿。我还没看见过中国人买它们，也不晓得它们是否有个中国名儿，cheese（奶酪）也是常见的，那点洋臭味儿又非西红柿可比。可是，我倒看见了中国人——决不是洋厨师傅——买它，足见欧美的臭东西也便可贵——价钱并不贱呢。吃洋臭豆腐而鄙视山东瓜子与大蒜的人，大概也会不在少数，这年头儿，设若非洋化不足以强国，从饮食上，我倒得拥护西红柿，一来是味邪而不臭，二来是一毛钱可以买一堆，三来是真有养分，虽洋化而不受洋罪。烙饼卷cheese，哼，请吧；油条小米粥，好吃的多！您就是说我不够洋派，我也不敢挑眼。

吃莲花的

老　舍

　　少见则多怪，真叫人愁得慌！谁能都知都懂？就拿相对论说吧，到底怎样相对？是像哼哈二将那么相对，还是像情人要互吻时那么面面相对？我始终弄不清！况且，还要"论"呢。一向不晓得哼哈二将会作论；至于情人互吻而必须作论，难道情人也得"会考"？

　　这且不提。拿些小事说"眼生"就要恶意的发笑，"眼熟"的事儿是对的，至少也比"眼生"的文明些。中国人用湿毛巾擦脸，英美人用干的；中国人放伞头朝上，西洋鬼子放伞头朝下；于是据洋鬼子看，他们文明，我们是头朝下活着。少见多怪，"怪"完了还自是自高一下，愁人得慌！

这且不提。听说广东人吃狗。每逢有广东朋友来，我总把贲子藏到后院去。可是据我所知道的广东朋友们，还没有一位向我要求过："来，拿黄子开开斋！"没有。可是，贲子还是在后院保险。

这且不提。虽然我不"大"懂相对论——不是一点也不懂，说不定它还就许是像哼哈二将那样的对立——可是我天性爱花草。盆花数十种，分对列于庭中，大概我不见得一定比爱因司坦低下着多少。不，或者我比他还高着些。他会相对——和他的夫人相对而坐，也许是——而且会论——和他的夫人论些家长里短什么的。我呢，会种花。我与他各有一出拿手戏，谁也不高，谁也不低。他要是不服气的话，他骂我，我也会骂他。相对论，我得承认他的优越；相对骂，不定谁行呢！这样，我与他本是"肩膀齐为弟兄"，他不用吹，我用不着谦卑。可是，我的盆花是成对摆列着的，兰对兰，菊对菊，盆盆相对，只欠着一个"论"；那么，我比他强点！

这且不提——就使我真比爱因司坦强，也是心里的劲，不便大吹大擂的宣传，我不是好吹的人；何必再提？今年我种了两盆白莲。盆是由北平搜寻来的，里外包着绿苔，至少有五六十岁。泥是由黄河拉来的。水用趵突泉的。只是藕差点事，吃剩下来的菜藕。好盆好泥好水敢情有妙用，菜藕也不好意思了，长吧，开花吧，不然太对不起人！居然，拔了梗，放了叶，而且开了花。一盆里七八朵，白的！只有两朵，瓣尖上有点红，我细细的用檀香粉给涂了涂，于是全白。作诗吧，除了作诗还有什么办法？专说"亭亭玉立"这四个字就被我用了七十五次，请想我作了多少首诗吧！

这且不提。好几天了，天天门口卖菜的带着几把儿白莲。最初，我心里很难过。好好的莲花和茄子冬瓜放在一块，真！继而一想，若有所悟。啊，济南名士多，不能自己"种"莲，还不"买"些用古瓶清水养起来，放在书斋？是的，一定是这样。

这且不提。友人约游大明湖，"去买点莲花来！"他说。"何必去买，我的两盆还不可观？"我有点不痛快，心里说："我自种的难道比不上湖里的？真！"况且，天这么热，游湖更受罪，不如在家里，煮点毛豆角，喝点莲花白，作两首诗，以自种白莲为题，岂不雅妙？友人看着那两盆花，点了点头。我心里不用提多么痛快了；友人也很雅哟！除了作新诗向来不肯用这"哟"，可是此刻非用不可了！我忙着吩咐家中煮毛豆角，看看能买到鲜核桃不。然后到书房去找我的诗稿。友人静立花前，欣赏着哟！

这且不提。及至我从书房回来一看，盆中的花全在友人手里握着呢，只剩下两朵快要开败的还在原地未动。我似乎忽然中了暑，天旋地转，说不出话。友人可是很高兴。他说："这几朵也对付了，不必到湖中买去了。其实门口卖菜的也有，不过没有湖上的新鲜便宜。你这些不很嫩了，还能对付。"他一边说着，一边奔了厨房。"老田，"他叫着我的总管事兼厨子："把这用好香油炸炸。外边的老瓣不要，炸里边那嫩的。"老田是我由北平请来的，和我一样不懂济南的典故，他以为香油炸莲瓣是什么偏方呢。"这治什么病，烫伤？"他问。友人笑了。"治烫伤？吃！美极了！没看见菜挑子上一把一把儿的卖吗？"

这且不提。还提什么呢，诗稿全烧了，所以不能附录在这里。

太史公读老舍文至莲花被吃诗稿被焚之句，慨然有动于衷，乃效时行才子佳人补赞曰：哎，哟，啊！您亭亭玉立的莲花，——莲花——莲花啊！您的幻灭，使我心弦颤动而鼻涕长流呵！我想您——想您——您的亭亭玉立，

不玉立无以为亭亭，不亭亭又何以玉立？我想到您的玉立
之亭，尤想到您亭立之玉。奇怪啊，您——您的立居然如
亭，您的亭又宛然如玉。我一想到此，我的心血来潮了，
我的神经紧张了，我昏昏欲倒了。您的青春，您的美丽妖
艳的青春，您亭亭玉立的青春，使我憧憬而昏醉了。您不
朽的青春，将借我的秃笔而不朽了，虽然厨夫——狞恶的
不了解您的厨夫——将您——您油炸了，但是您是不朽的
啊！您是莲花，我是君子，我们的悲哀的命运正相同啊！
您出于做男人之泥及做女人之水，水泥媾精而有了您，有
了亭亭玉立之您，这是宇宙之神秘啊！我要死了。我看见
您曼妙的花干与多姿的莲叶，被狞恶的厨夫遗弃于地上，
我禁不住流泪了。哎哟，莲啊莲！我不敢——不忍——吃
您——吃您——的青春不朽的花瓣，我要将您的骨肉炼成
石膏，塑成爱神之像，供在我的案上，吻着，吻着，永远
的吻着您亭亭玉立……等到末日，我们一同埋葬了自己
吧！莲啊莲！

落花生

老　舍

　　我是个谦卑的人。但是，口袋里装上四个铜板的落花生，一边走一边吃，我开始觉得比秦始皇还骄傲。假若有人问我："你要是作了皇上，你怎么享受呢？"简直的不必思索，我就答得出："派四个大臣拿着两块钱的铜子，爱买多少花生吃就买多少！"

　　什么东西都有个幸与不幸。不知道为什么瓜子比花生的名气大。你说，凭良心说，瓜子有什么吃头？它夹你的舌头，塞你的牙，激起你的怒气——因为一咬就碎；就是幸而没碎，也不过是那么小小的一片，不解饿，没味道，劳民伤财，布尔乔亚！你看落花生：大大方方的，浅白麻子，细腰，曲线美。这还只是看外貌。弄开看：一胎儿两个或者三个粉红的胖小子。脱去粉红的衫儿，象牙色的豆瓣一对对的抱着，上边儿还结着吻。那个光滑，那个水灵，那个香喷喷的，碰到牙上那个干松酥软！白嘴吃也好，就酒喝也好，放在舌上当槟榔含着也好。写文章的时候，三四个花生可以代替一支香烟，而且有益无损。

种类还多呢：大花生，小花生，大花生米，小花生米，糖饯的，炒的，煮的，炸的，各有各的风味，而都好吃。下雨阴天，煮上些小花生，放点盐；来四两玫瑰露；够作好儿首诗的。瓜子可给诗的灵感？冬夜，早早的躺在被窝里，看着《水浒》，枕旁放着些花生米；花生米的香味，在舌上，在鼻尖；被窝里的暖气，武松打虎……这便是天国！冬天在路上，刮着冷风，或下着雪，袋里有些花生使你心中有了主儿。掏出一个来，剥了，慌忙往口中送，闭着嘴嚼，风或雪立刻不那么厉害了。况且，一个二十岁以上的人肯神仙似的，无忧无虑的，随随便便的，在街上一边走一边吃花生，这个人将来要是作了宰相或度支部尚书，他是不会有官僚气与贪财的。他若是作了皇上，必是朴俭温和直爽天真的一位皇上，没错。吃瓜子的照例不在街上走着吃，所以我不给他保这个险。

至于家中要是有小孩儿，花生简直比什么也重要。不但可以吃，而且能拿它们玩。夹在耳唇上当环子，几个小姑娘就能办很大的一回喜事。小男孩若找不着玻璃球儿，花生也可以当弹儿。玩法还多着呢。玩了之后，剥开再吃，也还不脏。两个大子儿的花生可以玩半天；给他们些瓜子试试。

论样子，论味道，栗子其实满有势派儿。可是它没有落花生那点家常的"自己"劲儿。栗子跟人没有交情，仿佛是。核桃也不行，榛子就更显着疏远。落花生在哪里都有人缘，自天子以至庶人都跟它是朋友；这不容易。

在英国，花生叫作"猴豆"——Monkey nuts。人们到动物园去才带上一包，去喂猴子。花生在这个国里真不算很光荣，可是我亲眼看见去喂猴子的人——小孩就更不用提了——偷偷的也往自己口中送这猴豆。花生和苹果好像一样的有点魔力，假如你知道苹果的典故；我这儿确是用着典故。

美国吃花生的不限于猴子。我记得有位美国姑娘，在到中国来的时候，把几只皮箱的空处都填满了花生，大概凑起来总够十来斤吧，怕是到中国吃不着这种宝物。美国姑娘都这样重看花生，可见它确是有价值；按照哥伦比亚的哲学博士的辩证法看，这当然没有误儿。

　　花生大概还跟婚礼有点关系，一时我可想不起来是怎么个办法了；不是新娘子在轿里吃花生，不是；反正是什么什么春吧——你可晓得这个典故？其实花轿里真放上一包花生米，新娘子未必不一边落泪一边嚼着。

年来处处食西瓜

周瘦鹃

"碧蔓凌霜卧软沙，年来处处食西瓜"，这是宋代范成大咏西瓜园诗中句。的确，年来每入炎夏，就处处食西瓜，而在果品中，它是庞然大物，可以当得上领袖之称。西瓜并非中国种，据说五代时胡峤入契丹，吃到了西瓜，而契丹是由于破了回纥得来的种子，以牛粪复棚而种，瓜大如斗，味甜如蜜。后由胡峤带回国来，因其来自西土，故名西瓜；性寒，可解暑热，因此又名寒瓜。

西瓜瓤有白、黄、红三色，皮有白、绿二色，形有浑圆的，有如枕头的。上海浦东西林塘产三白瓜，因其皮白、瓤白、籽白之故，作浑圆形，味极鲜甜。浙江平湖产枕头瓜，绿皮黄瓤，鲜甜不让三白。北方以德州西瓜最负盛名，而品质之美，确是名下无虚。一九五〇年秋初，我因嫁女从北京回苏州，在德州、兖州、固镇三处火车站上，买了三个大西瓜带回来，都是白皮，作枕头形，一尝之下，自以德州瓜为第一，真的是甜如崖蜜，美不可言。

诗人们歌颂西瓜的不多，宋代贺方回《秋热》诗，有"西瓜足解渴，割裂青瑶肤"之句。元代方夔食西瓜诗，有"缕缕花衫沾唾碧，痕痕丹血揾肤红。香浮笑语牙生水，凉入衣襟骨有风"诸句。金代王予可句云："一片冷裁潭底月，六湾斜卷陇头云"，也是为咏西瓜而作。据说宋代大忠臣文文山曾作《西瓜吟》，足为西瓜生色，惜未之见。

往年我在上海时，曾见过人家做西瓜灯，倒是一个很有趣的玩意。先把瓜蒂切去，挖掉了全部瓜瓤，在皮上精刻着人物花鸟，中间拴以粗铅丝和钉子，插上一枝小蜡烛，入夜点上了火，花样顿时明显，很可欣赏。这玩意在清代乾嘉年间也就有了，词人冯柳东曾有《辘轳金井》一阕咏之云："冰园雨黑。映玲珑、逗出一痕秋影。制就团圆，满琼壶红晕。清辉四进。正藓井、寒浆消尽。字破分明，光浮细碎，半丸凉凝。茅庵一星远近。趁豆棚闲挂，相对商茗。蜡泪抛残，怕华楼夜冷。西风细认。愿双照、秋期须准。梦醒青门，重挑夜话，月斜烟暝。"

闲话荔枝

周瘦鹃

　　古今来文人墨客，对于果品中的荔枝，都给与最高的评价。诗词文章，纷纷歌颂，比之为花中的牡丹。牡丹既被称为花王，那么荔枝该尊为果王了。唐代白乐天《荔枝图序》有云："荔枝生巴峡间，树形团团如帷盖，叶如桂，冬青；花如橘，春荣；实如丹，夏熟。朵如葡萄，核如枇杷，壳如红缯，膜如紫绡，瓤肉莹白如冰雪，浆液甘酸如醴酪。大略如彼，其实过之。若离本枝，一日而色变，二日而香变，三日而味变，四五日外，色香味尽去矣。"这一段话，已说明了荔枝的一切，真的明白如画。

　　荔枝不只产于巴蜀，闽、粤两省也有大量的生产。它又名离枝、丹荔，而最特别的，却又叫做钉坐真人。树身高达数丈，粗可合抱，较小的直径尺许，农历二三月间开花，五六月间成熟。宋神宗诗因有"五月荔枝天"之句。据古代《荔枝谱》中所载，种类繁多，有陈紫、周家红、一品红、钗头颗、十八娘、丁香、红绣鞋、满林香、绿衣郎等数十种，大多是闽产，不知现在还有几种？至于粤中所产，则现有三月红、玉荷包、黑叶、桂味、糯米糍等，都是我们所可吃到的。至于命名最艳的，有妃子笑一种；产量最少的，有增城的挂绿一种。

闽产的荔枝中，有一种名十八娘，果型细长，色作深红，闽人比作少女。俗传闽中王氏有弱妹十八娘，一说是女儿行十八，喜吃这一种荔枝，因此得名。又有一说：闽中凡称物之美而少的，为十八娘，就足见这是美而少的名种了。明代黄履康作《十八娘传》，他说："十八娘者，开元帝侍儿也，姓支名绛玉，字曰丽华，行十八。"文人狡狯，借此弄巧，竟把珍果当作美人般给它作传。宋代蔡君谟作《荔枝谱》，称之为绛衣仙子，那更比之为仙子了。诗中咏及的，如元代柳应芳云："白玉明肌裹绛囊，中含仙露压琼浆。城南多少青丝笼，竞取王家十八娘。"明代邱惟直诗云："棣萼楼头风露凉，闽娘清晓竞红妆。

朱唇玉齿桃花脸，遍著天孙云锦裳。"词如苏东坡《减字木兰花》云："闽溪珍献。过海云帆来似箭。玉座金盘。不贡奇葩四百年。轻红酿白。雅称佳人纤手擘。骨细肌香。恰似当年十八娘。"十八娘之为荔枝珍品，于此可见，但不知现在闽中仍有之否？

广州有荔枝湾，是珠江的一湾，夹岸都是荔枝树，绿阴丹荔，蔚为大观。据说这里本是南汉昌华旧苑，有人咏之以诗，曾有"寥落故宫三十六，夕阳明灭荔枝红"之句。清代陶稚云《珠江词》，都咏珠江艳事，中有一首："青青杨柳被郎攀，一叶兰舟日往还。知道荔枝郎爱食，妾家移住荔枝湾。"从前，每年初夏荔枝熟时，荔枝湾游艇云集，都是为了吃荔枝去的。

枸　杞

周瘦鹃

　　枸杞的别名很多，有天精、地仙、却老、却暑、仙人杖、西王母杖等十多个。枸杞原是两种植物的名称，因其棘如枸之刺，茎如杞之条，所以并作一名。叶与石榴叶很相像，稍薄而小，可供食用。干高二三尺，丛生如灌木。夏季开浅紫色小花，花落结实，入秋作猩红，艳如红玛瑙。实有浑圆的，有椭圆的。椭圆的出陕甘一带，较为名贵，既可欣赏，又可入药。不论是花、叶、根、实，都可作药用，据说有坚筋骨、悦颜色、明目安神、轻身却老之功。它之所以别名西王母杖和仙人杖，料想就为了它有这些功效之故。

　　枸杞的实落在地上，入了土，就可生根，所以我的园子里几乎遍地皆是。春秋两季，采了它的嫩叶做菜吃，清隽有味。老干不易得。友人叶寄深兄，曾得一老干的枸杞，居中有一段已枯，更见古朴，大约是百年以外物，每秋结实累累，红艳欲滴。他为了重视这株枸杞之王，特请江寒汀画师写生，并题其书室为"杞寿轩"，可是去年已割爱让与庐山管理局了。我也有一株盆栽的老枸杞，作悬崖形，原出南京雨花台，已有好几十岁的年龄了；最奇怪的，干已大半枯朽，只剩一根筋还活着，我把一根粗铅丝络住了下悬的梢头，又在中部用细铅丝络住，看上去岌岌欲危，不知能活到几时。哪里知道三年来它的生命力还是很强，年年开花结实，如火如荼。去年近根处又发了一根新条，今秋枝叶四布，结实很多，来春打算删去大半，以便保持下悬的梢头部分。我曾记之以诗，有"离离朱实莹如玉，好与闺人缀玉钗"之句。各地来宾，见了这一株老枸杞，没一个不啧啧称怪的。

枸杞的老干老根多作狗形。据说宋徽宗时，顺州筑城，在土中掘得一株枸杞，活像是一头挺大的狗，当时认为至宝，就献到皇宫中去。旧籍中载："此乃仙家所谓千岁枸杞，其形如犬者也。"在宋代以前，这种狗形的枸杞，也屡有发见。唐代白乐天诗中，就有"不知灵药根成狗，怪得时闻吠夜声"之句。刘禹锡诗也有"枝繁本是仙人杖，根老新成瑞犬形"之句。宋代史子玉《枸杞赋》有句云："仙杖飞空，仿佛骖鸾，寿干通灵，时闻吠庞"，也说它的干形像狗的。此外，如朱熹诗："雨余芽甲翠光匀，杞菊成蹊亦自春。"陆游诗："雪霁茆堂钟磬清，晨斋枸杞一杯羹。"而苏东坡、黄山谷也各有长诗咏叹，尊之为仙苗、仙草。枸杞在一般人看来，虽很平凡，而古时却有这许多人加以揄扬，推其原因，恐是一来它的干根生得怪异，二来可作药用，在文人们的笔下，就不免附会地加上种种神秘的描写了。

辑二

惟有饮者留其名

喝　茶

鲁　迅

　　某公司又在廉价了，去买了二两好茶叶，每两洋二角。开首泡了一壶，怕它冷得快，用棉袄包起来，却不料郑重其事的来喝的时候，味道竟和我一向喝着的粗茶差不多，颜色也很重浊。

　　我知道这是自己错误了，喝好茶，是要用盖碗的，于是用盖碗。果然，泡了之后，色清而味甘，微香而小苦，确是好茶叶。但这是须在静坐无为的时候的，当我正写着《吃教》的中途，拉来一喝，那好味道竟又不知不觉的滑过去，像喝着粗茶一样了。

　　有好茶喝，会喝好茶，是一种"清福"。不过要享这"清福"，首先就须有工夫，其次是练习出来的特别的感觉。由这一极琐屑的经验，我想，假使是一个使用筋力的工人，在喉干欲裂的时候，那么，即使给他龙井芽茶，珠兰窨片，恐怕他喝起来也未必觉得和热水有什么大区别罢。所谓"秋思"，其实也是这样的，骚人墨客，会觉得什么"悲哉秋之为气也"，风雨阴晴，都给他一种刺戟，一方面也就是一种"清福"，但在老农，却只知道每年的此际，就要割稻而已。

于是有人以为这种细腻锐敏的感觉，当然不属于粗人，这是上等人的牌号。然而我恐怕也正是这牌号就要倒闭的先声。我们有痛觉，一方面是使我们受苦的，而一方面也使我们能够自卫。假如没有，则即使背上被人刺了一尖刀，也将茫无知觉，直到血尽倒地，自己还不明白为什么倒地。但这痛觉如果细腻锐敏起来呢，则不但衣服上有一根小刺就觉得，连衣服上的接缝，线结，布毛都要觉得，倘不穿"无缝天衣"，他便要终日如芒刺在身，活不下去了。但假装锐敏的，自然不在此例。

感觉的细腻和锐敏，较之麻木，那当然算是进步的，然而以有助于生命的进化为限。如果不相干，甚而至于有碍，那就是进化中的病态，不久就要收梢。我们试将享清福，抱秋心的雅人，和破衣粗食的粗人一比较，就明白究

竟是谁活得下去。喝过茶，望着秋天，我于是想：不识好

茶，没有秋思，倒也罢了。

九月三十日

喝　茶

梁实秋

　　我不善品茶，不通茶经，更不懂什么茶道，从无两腋之下习习生风的经验。但是，数十年来，喝过不少茶，北平的双窨、天津的大叶、西湖的龙井、六安的瓜片、四川的沱茶、云南的普洱、洞庭湖的君山茶、武夷山的岩茶，甚至不登大雅之堂的茶叶梗与满天星随壶净的高末儿，都尝试过。茶是我们中国人的饮料，口干解渴，唯茶是尚。茶字，形近于荼，声近于槚，来源甚古，流传海外，凡是有中国人的地方就有茶。人无贵贱，谁都有份，上焉者细啜名种，下焉者牛饮茶汤，甚至路边埂畔还有人奉茶。北人早起，路上相逢，辄问讯："喝茶未？"茶是开门七件事之一，乃人生必需品。

孩提时，屋里有一把大茶壶，坐在一个有棉衬垫的藤箱里，相当保温，要喝茶自己斟。我们用的是绿豆碗，这种碗大号的是饭碗，小号的是茶碗，做绿豆色，粗糙耐用，当然和宋瓷不能比，和江西瓷不能比，和洋瓷也不能比，可是有一股朴实厚重的风貌，现在这种碗早已绝迹，我很怀念。这种碗打破了不值几文钱，脑勺子上也不至于挨巴掌。银托白瓷小盖碗是祖父母专用的，我们看着并不羡慕。看那小小的一盏，两口就喝光，泡两三回就得换茶叶，多麻烦。如今盖碗很少见了，除非是到"故宫博物院"拜会蒋院长，他那大客厅里总是会端出盖碗茶敬客。再不就是在电视剧中也常看见有盖碗茶，可是演员一手执盖一手执碗缩着脖子啜茶那副狼狈相，令人发噱，因为他不知道喝盖碗茶应该是怎样的喝法。他平素自己喝茶大概一直是用玻璃杯、保温杯之类。如今，我们此地见到的盖碗，多半是近年来本地制造的"万寿无疆"的那种样式，瓷厚了一些；日本制的盖碗，样式微有不同，总觉得有些怪怪的。近有人回大陆，顺便探视我的旧居，带来我三十多年前天天使用的一只瓷盖碗，原是十二套，只剩此一套了，碗沿还有一点磕损，睹此旧物，勾起往日的心情，不禁黯然。盖碗究竟是最好的茶具。

　　茶叶品种繁多，各有擅场。有友来自徽州，同学清华，徽州产茶胜地，但是他看到我用一撮茶叶放在壶里沏茶，表示惊讶，因为他只知道茶叶是烘干打包捆载上船沿江运到沪杭求售，剩下来的茶梗才是家人饮用之物。恰如北人所谓"卖席的睡凉炕"。我平素喝茶，不是香片就是龙井，多次到大栅栏东鸿记或西鸿记去买茶叶，在柜台前面一站，徒弟搬来凳子让坐，看伙计称茶叶，分成若干小包，包得见棱见角，那份手艺只有药铺伙计可以媲美。茉莉花窨过的茶叶，临卖的时候再抓一把鲜茉莉花放在表面上，所以叫作双窨。于是茶店里经常是茶香花香，郁郁菲菲。父执有名玉贵者，旗人，精于饮馔，居恒以一半香片一半龙井混合沏之，有香片之浓馥，兼龙井之苦清。吾家效而行之，无不称善。花以人名，乃径呼此茶为"玉贵"，私家秘传，外人无由得知。

　　其实，清茶最为风雅。抗战前造访知堂老人（按：即周作人）于苦茶庵，主客相对总是有清茶一盅，淡淡的、涩涩的、绿绿的。我曾屡侍先君游西子湖，从不忘记品尝当地的龙井，不需要攀登南高峰烟霞岭，近处平湖秋月就有上好的龙井茶，开水现冲，风味绝佳。茶后进藕粉一碗，四美具矣。正是"穿牖而来，夏日清风冬日日；卷帘相见，前山明月后山山"（骆成骧联）。有朋自六安来，贻我瓜片少许，叶大而绿，饮之有荒野的气息扑鼻。其中西瓜茶一种，真有西瓜风味。我曾过洞庭，舟泊岳阳楼下，购得君山茶一盒。沸水沦之，每片茶叶均如针状直立漂浮，良久始舒展下沉，味品清香不俗。

初来台湾，粗茶淡饭，颇想倾阮囊之所有在饮茶一端偶作豪华之享受。一日过某茶店，索上好龙井，店主将我上下打量，取八元一斤之茶叶以应，余示不满，乃更以十二元者奉上，余仍不满，店主勃然色变，厉声曰："买东西，看货色，不能专以价钱定上下。提高价格，自欺欺人耳！先生奈何不察？"我爱其憨直。现在此茶店门庭若市，已成为业中之翘楚。此后我饮茶，但论品位，不问价钱。

茶之以浓酽胜者莫过于工夫茶。《潮嘉风月记》说工夫茶要细炭初沸连壶带碗泼浇，斟而细呷之，气味芳烈，较嚼梅花更为清绝。我没嚼过梅花，不过我旅居青岛时有一位潮州澄海朋友，每次聚饮酩酊，辄相偕走访一潮州帮巨商于其店肆。肆后有密室，烟具、茶具均极考究，小壶、小盅有如玩具。更有娈婉丱童伺候煮茶、烧烟，因此经常饱吃工夫茶，诸如铁观音、大红袍，吃了之后还携带几匣回家。不知是否故弄玄虚，谓炉火与茶具相距以七步为度，沸水之温度方合标准。举小盅而饮之，若饮罢径自返盅于盘，则主人不悦，须举盅至鼻头猛嗅两下。这茶最有解酒之功，如嚼橄榄，舌根微涩，数巡之后，好像是越喝越渴，欲罢不能。喝工夫茶，要有工夫，细呷细品，要有设备，要人服侍，如今乱糟糟的社会里谁有那么多的工夫？红泥小火炉哪里去找？伺候茶汤的人更无论矣。普洱茶，漆黑一团，据说也有绿色者，泡烹出来黑不溜秋，粤人喜之。在北平，我只在正阳楼看人吃烤肉，吃得口滑肚子膨脝不得动弹，才高呼堂倌泡普洱茶。四川的沱茶亦不恶，唯一般茶馆应市者非上品。台湾的乌龙名震中外，大量生产，佳者不易得。处处标榜冻顶，事实上哪里有那么多的冻顶？

喝茶，喝好茶，往事如烟。提起喝茶的艺术，现在好像谈不到了，不提也罢。

饮 酒

梁实秋

酒实在是妙，几杯落肚之后就会觉得飘飘然、醺醺然。平素道貌岸然的人，也会绽出笑脸；一向沉默寡言的人，也会谈笑风生。再灌下几杯之后，所有的苦闷烦恼全都忘了，酒酣耳热，只觉得意气飞扬，不可一世，若不及时知止，可就难免玉山颓欹，剔吐纵横，甚至撒疯骂座，以及种种的酒失酒过全部地呈现出来。莎士比亚的《暴风雨》里的卡力班，那个象征原始人的怪物，初尝酒味，觉得妙不可言，以为把酒给他喝的那个人是自天而降，以为酒是甘露琼浆，不是人间所有物。美洲印第安人初与白人接触，就是被酒所倾倒，往往不惜举土地界人以换一些酒浆。印第安人的衰灭，至少一部分是由于他们的荒腆于酒。

我们中国人饮酒，历史久远。发明酒者，一说是仪
狄，又说是杜康。仪狄夏朝人，杜康周朝人（按：杜康
实为夏朝人），相距很远，总之是无可稽考。也许制酿的
原料不同、方法不同，所以仪狄的酒未必就是杜康的酒。
《尚书》有《酒诰》之篇，谆谆以酒为戒，一再地说"祀
兹酒"（停止这样的喝酒），"无彝酒"（勿常饮酒），
想见古人饮酒早已相习成风，而且到了"大乱丧德"的地
步。三代以上的事多不可考，不过从汉起就有酒榷之说，
以后各代因之，都是课税以裕国帑，并没有寓禁于征的意
思。酒很难禁绝，美国一九二〇年起实施酒禁，雷厉风
行，依然到处都有酒喝。当时笔者道出纽约，有一天友人
邀我食于某中国餐馆，入门直趋后室，索五加皮，开怀畅
饮。忽警察闯入，友人止予勿惊。这位警察徐徐就座，解
手枪，锵然置于桌上，索五加皮独酌，不久即伏案酣睡。
一九三三年酒禁废，直如一场儿戏。民之所好，非政令所
能强制。在我们中国，汉萧何造律："三人以上无故群饮
酒，罚金四两。"此律不曾彻底实行。事实上，酒楼妓馆
处处笙歌，无时不飞觞醉月。文人雅士水边修禊，山上登
高，一向离不开酒。名士风流，以为持螯把酒，便足了一

生，甚至于酣饮无度，扬言"死便埋我"，好像大量饮酒不是什么不很体面的事，真所谓"酗于酒德"。

对于酒，我有过多年的体验。第一次醉是在六岁的时候，侍先君饭于致美斋（北平煤市街路西）楼上雅座。连喝几盅之后，微有醉意，先君禁我再喝，我一声不响站立在椅子上舀了一匙高汤，泼在他的一件两截衫上。随后我就倒在旁边的小木炕上呼呼大睡。回家之后才醒。我的父母都喜欢酒，所以我一直都有喝酒的机会。"酒有别肠，不必长大"，语见《十国春秋》，意思是说酒量的大小与身体的大小不必成正比例，壮健者未必能饮，瘦小者也许能鲸吸。我小时候就是瘦弱如一根绿豆芽。酒量是可以慢慢磨炼出来的，不过有其极限。我的酒量不大，我也没有亲见过一般人所艳称的那种所谓海量。古代传说"文王饮酒千盅，孔子百觚"，王充《论衡·语增篇》就大加驳斥，他说："文王之身如防风之君，孔子之体如长狄之人，乃能堪之。"且"文王孔子率礼之人也"，何至于醉酗乱身？就我孤陋的见闻所及，无论是"青州从事"或"平原督邮"，大抵白酒一斤或黄酒三五斤即足以令任何人头昏目眩、黏牙倒齿。唯酒无量，以不及于乱为度，看各人自制力如何耳。不为酒困，便是高手。

酒不能解忧，只是令人在由兴奋到麻醉的过程中暂时忘怀一切。即刘伶所谓"无思无虑，其乐陶陶"。可是酒醒之后，所谓"忧心如酲"，那份病酒的滋味很不好受，所付代价也不算小。我在青岛居住的时候，那地方背山面海，风景如绘，在很多人心目中是最理想的卜居之所，唯一缺憾是很少文化背景，没有古迹耐人寻味，也没有适当的娱乐。看山观海，久了也会腻烦，于是呼朋聚饮，三日一小饮，五日一大宴，划拳行令，三十斤花雕一坛，一夕而罄。七名酒徒加上一位女史，正好八仙之数，乃自命为酒中八仙。有时且结伙远征，近则济南，远则南京、北京，不自谦抑，狂言"酒压胶济一带，拳打南北二京"，高自期许，俨然豪气干云的样子。当时作践了身体，这笔账日后要算。一日，胡适之先生过青岛小憩，在宴席上看到八仙过海的盛况大吃一惊，急忙取出他太太给他的一个金戒指，上面镌有"戒"字，戴在手上，表示免战。过后不久，胡先生就写信给我说："看你们喝酒的样子，就知道青岛不宜久居，还是到北京来吧！"我就到北京去了。现在回想当年酗酒，哪里算得是勇，简直是狂。

酒能削弱人的自制力，所以有人酒后狂笑不止，也有人痛哭不已，更有人口吐洋语滔滔不绝，也许会把平素不敢告人之事吐露一二，甚至把别人的阴私当众抖搂出来。最令人难堪的是强人饮酒，或单挑，或围剿，或投下井之石，千方万计要把别人灌醉，有人诉诸武力，捏着人家的鼻子灌酒！这也许是人类长久压抑下的一部分兽性之发泄，企图获取胜利的满足，比拿起石棒给人迎头一击要文明一些而已。那咄咄逼人的声嘶力竭的划拳，在赢拳的时候，那一声拖长了的绝叫，也是表示内心的一种满足。在别处得不到满足，就让他们在聚饮的时候如愿以偿吧！只是这种闹饮，以在有隔音设备的房间里举行为宜，免得侵扰他人。

　　《菜根谭》所谓"花看半开，酒饮微醺"的趣味，才是最令人低回的境界。

茶 话

周瘦鹃

  茶，是我国的特产，吃茶也就成了我国人民特有的习惯。无论是都市，是城镇，以至乡村，几乎到处都有大大小小的茶馆，每天自朝至暮，几乎到处都有茶客，或者是聊闲天，或者是谈正事，或者搞些下象棋、玩纸牌等轻便的文娱活动，形成了一个公开的群众俱乐部。

  茶有茗、荈、槚几个别名。据《尔雅》说，早采者为茶，晚取者为茗，荈和槚是苦茶。吃茶的风气始于晋代。晋人杜育，就写过一篇《荈赋》，对于茶大加赞美；到了唐代，那就盛行吃茶了。

  茶树的干像瓜芦，叶子像栀子，花朵像野蔷薇，有清香，高一二尺。江苏、浙江、福建、安徽各省，都是茶的产地，如碧螺春、龙井、武夷、六安、祁门等各种著名的绿茶、红茶，都是我们所熟知的。茶树都种于山野间，可是喜阴喜燥，怕阳光怕水，倘不施粪肥，味儿更香，绿茶色淡而香清，红茶色、香、味都很浓郁，而味带涩性。绿茶有明前、雨前之分，是照着采茶的时期而定名的，采于清明节以前的叫做明前，采于谷雨节以前的叫做雨前，以雨前较为名贵。茶叶可用花熏，如茉莉、珠兰、玫瑰、木樨、白兰、玳玳都可以熏茶，不过花香一浓，就会冲淡茶香，所以熏花的茶叶，不必太好，上品的茶叶，是不需要借重那些花的。

吃茶有什么好处，谁也不能肯定。茶可以解渴，这是开宗明义第一章。有的人说它可以开胃润气，并且助消化，尤以红茶为有效。可是卫生家却并不赞同，以为茶有刺激神经的作用，不如喝白开水有润肠利便之效。但我们吃惯了茶的人，总觉得白开水淡而无味，还是要去吃茶，情愿让神经刺激一下了。

唐朝的诗人卢仝和陆羽，可说是我国提倡吃茶的有名人物，昔人甚至尊之为茶圣。卢仝曾有一首长歌，谢人寄新茶，其下半首云："……柴门反关无俗客，纱帽笼头自煎吃。碧云引风吹不断，白花浮光凝碗面。一碗喉吻润，两碗破孤闷。三碗搜枯肠，惟有文字五千卷。四碗发轻汗，平生不平事，尽向毛孔散。五碗肌骨清，六碗通仙灵。七碗吃不得也，唯觉两腋习习清风生。"夸张吃茶的好处，写得十分有趣；因此"卢仝七碗"，也就成了后人传诵的佳话。陆羽字鸿渐，有文学，嗜茶成癖，著《茶经》三篇，原原本本地说出茶之原、之法、之具，真是一个吃茶的专家。宋朝的诗人如苏东坡、黄山谷、陆放翁等，也都是爱茶的，他们的诗集中，有不少歌颂吃茶的作品。

制茶的方法，红、绿茶略有不同，据说要制红茶时，可将采下的嫩叶，铺满在竹席上，放在阳光中曝晒，晒了一会，便搅拌一会，等到叶子晒得渐渐地萎缩时，就纳入布袋揉搓一下，再倒出来曝晒，将水分蒸散，再装在木箱里，一层层堆叠起来，重重压紧，用布来遮在上面，等到它变成了红褐色透出香气来时，再从箱里倒出来晒干，然后放在炉火上烘焙。经过了这几重手续，叶子已完全干燥，而红茶也就告成了。制绿茶时，那么先将采下的嫩叶放在蒸笼里蒸一下，或铁锅上炒一下，到它带了黏性而透出香气来时，就倒出来，铺散在竹席上，用扇子把它用力地扇，扇冷之后，立即上炉烘焙，一面烘，一面揉搓，叶子就逐渐干燥起来。最后再移到火力较弱的烘炉上，且烘且搓，直到完全干燥为止，于是绿茶也就告成了。

过去我一直爱吃绿茶，而近一年来，却偏爱红茶，觉得醇厚够味，在绿茶之上；有时红茶断档，那么吃吃洞庭山的名产绿茶碧螺春，也未为不可。

在明代时，苏州虎丘一带也产茶，颇有名，曾见之诗人篇章。王世贞句云："虎丘晚出谷雨后，百草斗品皆为轻。"徐渭句云："虎丘春茗妙烘蒸，七碗何愁不上升。"他们对于虎丘茶的评价，都是很高的；可是从清代以至于今，就不听得虎丘产茶了。幸而洞庭山出产了碧螺春，总算可为苏州张目。碧螺春本来是一种野茶，产在碧螺峰的石壁上，清代康熙年间被人发现了，采下来装在竹筐里装不下，便纳在怀里，茶叶沾了热气，透出一阵异香来，采茶人都嚷着"吓杀人香"。原来"吓杀人"是苏州俗语，在这里就是极言其香气的浓郁，可以吓得杀人的。从此口口相传，这种茶叶就称为"吓杀人香"。康熙南巡时，巡抚宋荦以此茶进献，康熙因它的名儿不雅，就改名为碧螺春。此茶的特点，是叶子都蜷曲，用沸水一泡，还有白色的细茸毛浮起来。初泡时茶味未出，到第二次泡时呷上一口，就觉得"清风自向舌端生"了。

　　从前一般风雅之士，对于吃茶称为品茗，原来他们泡了茶，并不是一口一口地呷，而是像喝贵州茅台酒、山西汾酒一样，一点一滴地在嘴唇上"品"的。在抗日战争以前，我曾在上海被邀参加过一个品茗之会。主人是个品茗的专家，备有他特制的"水仙""野蔷薇"等茶叶，并且有黄山的云雾茶，所用的水，据说是无锡运来的惠泉水，盛在一个瓦铛里，用松毛、松果来生了火，缓缓地煎。那天请了五位客，连他自己一共六人。一只小圆桌上，放着六只像酒盅般大的小茶杯和一把小茶壶，是白地青花瓷质的。他先用沸水将杯和壶泡了一下，然后在壶中满满地放了茶叶，据说就是"水仙"。瓦铛水沸之后，就斟在茶壶里，随即在六只小茶杯里各斟一些些，如此轮流地斟了几遍，才斟满了一杯。于是品茗开始了，我照着主人的方式，啜一些在嘴唇上品，啧啧有声。客人们赞不绝口，都说"好香！好香！"我也只得附和着乱赞，其实觉得和我们平日所吃的龙井、雨前是差不多的。听说日本人吃茶特别讲究，也是这种方式，他们称为"茶道"，吃茶而有道，也足见其重视的一斑。我以为这样的吃茶，已脱离了一般劳动人民的现实生活，实在是不足为训的。

喝　茶

周作人

　　前回徐志摩先生在平民中学讲"吃茶"，——并不是胡适之先生所说的"吃讲茶"，——我没有工夫去听，又可惜没有见到他精心结构的讲稿，但我推想他是在讲日本的"茶道"，（英文译作Teaism，）而且一定说的很好。茶道的意思，用平凡的话来说，可以称作"忙里偷闲，苦中作乐"，在不完全的现世享乐一点美与和谐，在刹那间体会永久，是日本之"象征的文化"里的一种代表艺术。关于这一件事，徐先生一定已有透彻巧妙的解说，不必再来多嘴，我现在所想说的，只是我个人的很平常的喝茶罢了。

　　喝茶以绿茶为正宗。红茶已经没有什么意味，何况又加糖——与牛奶？葛辛（George Gissing）的《草堂随笔》（*Private Papers of Henry Ryecroft*）确是很有趣味的书，但冬之卷里说及饮茶，以为英国家庭里下午的红茶与黄油面包是一日中最大的乐事，支那饮茶已历千百年，未必能领略此种乐趣与实益的万分之一，则我殊不以为然。红茶带"土斯"未始不可吃，但这只是当饭，在肚饥时食之而已；我的所谓喝茶，却是在喝清茶，在赏鉴其色与香与味，意未必在止渴，自然更不在果腹了。中国古昔曾吃过煎茶及抹茶，现在所用的都是泡茶，冈仓觉三在《茶之书》（*Book of Tea 1919*）里很巧妙的称之曰"自然主义的茶"，所以我们所重的即在这自然之妙味。中国人上茶馆去，左一碗右一碗的喝了半天，好像是刚从沙漠里回来的样子，颇合于我的喝茶的意思，（听说闽粤有所谓吃工夫茶者自然也有道理，）只可惜近来太是洋场化，失了本意，其结果成为饭馆子之流，只在乡村间还保存一点古风，唯是屋宇器具简陋万分，或者但可称为颇有喝茶之意，而未可许为已得喝茶之道也。

喝茶当于瓦屋纸窗之下，清泉绿茶，用素雅的陶瓷茶具，同二三人共饮，得半日之闲，可抵十年的尘梦。喝茶之后，再去继续修各人的胜业，无论为名为利，都无不可，但偶然的片刻优游乃正亦断不可少。中国喝茶时多吃瓜子，我觉得不很适宜；喝茶时可吃的东西应当是轻淡的"茶食"。中国的茶食却变了"满汉饽饽"，其性质与"阿阿兜"相差无几，不是喝茶时所吃的东西了。日本的点心虽是豆米的成品，但那优雅的形色，朴素的味道，很合于茶食的资格，如各色的"羊羹"（据上田恭辅氏考据，说是出于中国唐时的羊肝饼，）尤有特殊的风味。江南茶馆中有一种"干丝"，用豆腐干切成细丝，加姜丝酱油，重汤燉热，上浇麻油，出以供客，其利益为"堂倌"所独有。豆腐干中本有一种"茶干"，今变而为丝，亦颇与茶相宜。在南京时常食此品，据云有某寺方丈所制为最，虽也曾尝试，却已忘记，所记得者乃只是下关的江天阁而已。学生们的习惯，平常"干丝"既出，大抵不即食，等到麻油再加，开水重换之后，始行举箸，最为合式，因为一到即罄，次碗继至；不遑应酬，否则麻油三浇，旋即撤去，怒形于色，未免使客不欢而散，茶意都消了。

吾乡昌安门外有一处地方，名三脚桥，（实在并无三脚，乃是三出，因以一桥而跨三叉的河上也，）其地有豆腐店曰周德和者，制茶干最有名。寻常的豆腐干方约寸半，厚三分，值钱二文，周德和的价值相同，小而且薄，几及一半，黝黑坚实，如紫檀片。我家距三脚桥有步行两

小时的路程，故殊不易得，但能吃到油炸者而已。每天有
人挑担设炉镬，沿街叫卖，其词曰，

　　　"辣酱辣，

　　麻油炸，

　　红酱搽，辣酱拓：

　　周德和格五香油炸豆腐干。"

　　其制法如上所述，以竹丝插其末端，每枚三文。豆腐
干大小如周德和，而甚柔软，大约系常品，惟经过这样烹
调，虽然不是茶食之一，却也不失为一种好豆食。——豆
腐的确也是极东的佳妙的食品，可以有种种的变化，唯在
西洋不会被领解，正如茶一般。

　　日本用茶淘饭，名曰"茶渍"，以腌菜及"泽庵"
（即福建的黄土萝蔔，日本泽庵法师始传此法，盖从中国
传去，）等为佐，很有清淡而甘香的风味。中国人未尝不
这样吃，唯其原因，非由穷困即为节省，殆少有故意往清
茶淡饭中寻其固有之味者，此所以为可惜也。

　　　　　　　　　　　　　　　　　　十三年十二月

再论吃茶

周作人

郝懿行《证俗文》一云：

"考茗饮之法始于汉末，而已萌牙于前汉，然其饮法未闻，或曰为饼咀食之，逮东汉末蜀吴之人始造茗饮。"据《世说》云，王濛好茶，人至辄饮之，士大夫甚以为苦，每欲候濛，必云今日有水厄。又《洛阳伽蓝记》说王肃归魏住洛阳初不食羊肉及酪浆等物，常饭鲫鱼羹，渴饮茗汁，京师士子见肃一饮一斗，号为漏卮。后来虽然王肃习于胡俗，至于说茗不中与酪作奴，又因彭城王的嘲戏，"自是朝贵燕会虽设茗饮，皆耻不复食，唯江表残民远来降者好之"，但因此可见六朝时南方吃茶的嗜好很是普遍，而且所吃的分量也很多。到了唐朝统一南北，这个风气遂大发达，有陆羽卢仝等人可以作证，不过那时的茶大约有点近于西人所吃的红茶或咖啡，与后世的清茶相去颇远。明田艺衡《煮泉小品》云：

"唐人煎茶多用姜盐，故鸿渐云，初沸水合量，调之以盐味，薛能诗，盐损添常戒，姜宜着更夸。苏子瞻以为茶之中等用姜煎信佳，盐则不可。余则以为二物皆水厄也，若山居饮水，少下二物以减岚气，或可耳，而有茶则此固无须也。至于今人荐茶类下茶果，此尤近俗，是纵佳者，能损真味，亦宜去之。且下果则必用匙，若金银大非山居之器，而铜又生腥，皆不可也。若旧称北人和以酥酪，蜀人入以白上，此皆蛮饮，固不足责。人有以梅花菊花茉莉花荐茶者，虽风韵可赏，亦损茶味，如有佳茶亦无事此。"此言甚为清茶张目，其所根据盖在自然一点，如下文即很明了地表示此意：

"茶之团者片者皆出于碾硙之末，既损真味，复加油垢，即非佳品，总不若今之芽茶也，盖天真者自胜耳。芽茶以火作者为次，生晒者为上，亦更近自然，且断烟火气耳。"谢肇淛《五杂组》十一亦有两则云：

"古人造茶，多春令细，末而蒸之，唐诗家僮隔竹敲茶臼是也。至宋始用碾，揉而焙之则自本朝（案明朝）始也。但揉者恐不若细末之耐藏耳。"

"《文献通考》，茗有片有散。片者即龙团旧法，散者则不蒸而干之，如今之茶也。始知南渡之后茶渐以不蒸为贵矣。"清乾隆时茹敦和著《越言释》二卷，有《撮泡茶》一条，撮泡茶者即叶茶，撮茶叶入盖碗中而泡之也。其文云：

"《诗》云荼苦，《尔雅》苦荼，荼者茶之减笔字前人已言之，今不复赘。茶理精于唐，茶事盛于宋，要无所谓撮泡茶者。今之撮泡茶或不知其所自，然在宋时有之、且自吾越人始之。案炒青之名已见于陆诗，而放翁《安国院试茶》之作有曰，我是江南桑苎家，汲泉闲品故园茶，只应碧缶苍鹰爪，可压红囊白雪芽。其自注曰，日铸以小瓶蜡纸，丹印封之，顾渚贮以红蓝缣囊，皆有岁贡。小瓶蜡纸至今犹然，日铸则越茶矣。不团不饼，而曰炒青曰苍龙爪，则撮泡矣。是撮泡者对硙茶言之也。又古者茶必有点。无论其为硙茶为撮泡茶，必择一二佳果点之，谓之点茶。点茶者必于茶器正中处，故又谓之点心。此极是杀风景事，然里俗以此为恭敬，断不可少。岭南人往往用糖梅，吾越则好用红姜片子，他如莲药榛仁，无所不可。其后杂用果色，盈杯溢盏，略以瓯茶注之，谓之果子茶，

已失点茶之旧矣。渐至盛筵贵客，累果高至尺余，又复雕
鸾刻凤，缀绿攒红以为之饰，一茶之值乃至数金，谓之高
茶，可观而不可食，虽名为茶，实与茶风马牛。又有从而
反之者，聚诸干蔽烂煮之，和以糖蜜，谓之原汁茶，可以
食矣，食竟则摩腹而起，盖疗饥之上药，非止渴之本谋，
其于茶亦了无干涉也。他若莲子茶龙眼茶种种诸名色相沿
成故，而种种糕餐饼饵皆名之为茶食，尤为可笑。由是撮
泡之茶遂至为世诟病，凡事以费钱为贵耳，虽茶亦然，何
必雅人深致哉。又江广间有磖茶，是姜盐煎茶遗制，尚存
古意，未可与越人之高茶原汁茶同类而并讥之。"王侃著
《巴山七种》，同治乙丑刻，其第五种曰《江州笔谈》，
卷上有一则云：

"乾隆嘉庆间宦家宴客，自客至及入席时，以换茶多
寡别礼之隆杀。其点茶花果相间，盐渍蜜渍以不失色香味
为贵，春不尚兰，秋不尚桂，诸果亦然，大者用片，小者
去核，空其中，均以镂刻争胜，有若为钉盘者，皆闺秀事
也。茶匙用金银，托盘或银或铜，皆錾细花，鬃漆皮盘则
描金细花，盘之颜色式样人人各异，其中托碗处围圈高起
一分，以约碗底，如托酒盏之护衣碟子。茶每至，主人捧
盘递客，客起接盘自置于几，席罢乃啜叶茶一碗而散，主

人不亲递也。今自客至及席罢皆用叶茶，言及换茶人多不解。又今之茶托子绝不见如舟如梧橐鄂者，事物之随时而变如此。"

予生也晚，已在马江战役之后，儿时有所见闻亦已后于栖清山人者将三十年了。但乡曲之间有时尚存古礼，原汁茶之名虽不曾听说，高茶则屡见，有时极精巧，多至五七层，状如浮图，叠灯草为栏干，染芝麻砌作种种花样，中列人物演故事，不过今不以供客，只用作新年祖像前陈设耳。因高茶而联想到的则有高果，旧日结婚祭祀时必用之，下为锡碗，其上立竹片，缚诸果高一尺许，大抵用荸荠金橘等物，而令人最不能忘记的却是甘蔗这一种，因为上边有"甘蔗菩萨"，以带皮红甘蔗削片，略加刻画，穿插成人物，甚古拙有趣，小时候分得此菩萨一尊，比有甘蔗吃更喜欢也。莲子等茶极常见，大概以莲子为最普通，杏酪龙眼为贵，茨栗已平凡，百合与扁豆茶则卑下矣。凡待客以结婚时宴"亲送"舅爷为最隆重，用三道茶，即杏酪莲子及叶茶：平常亲戚往来则叶茶之外亦设一果子茶，十九皆用莲子。范寅《越谚》卷中《饮食门》下，有茶料一条，注曰，"母以莲栗枣糖遗出嫁女，名此。"又醖茶一条注曰，"新妇煮莲栗枣，遍奉夫家戚族尊长卑幼，名此，又谓之喜茶。"此风至今犹存，即平日往来馈送用提合，亦多以莲子白糖充数，儿童入书房拜蒙师，以茶盅若干副分装莲子白糖为礼，师照例可全收，似向来酾茶系致敬礼，此所谓茶又即是果子茶，为便利计乃用茶料充之，而茶料则以莲糖为之代表也。点茶用花今亦有之，唯不用鲜花临时冲入，改而为窨，取桂花茉莉珠兰等和茶叶中，密封待用。果已少用，但尚存橄榄一种，俗称元宝茶，新年入茶店多饮之取利市，色香均不恶，与茶尚不甚相忤，至于姜片等则未见有人用过。越中有一种茶盅，高约一寸许，口径二寸，有盖，与茶杯茶碗茶缸异，盖专以盛果子茶者，别有旧式者以银皮为里，外面系红木，近已少见，现所有者大抵皆陶制也。

茶本是树的叶子，摘来瀹汁喝喝，似乎是颇简单的事，事实却并不然。自吴至南宋将一千年，始由团片而用叶茶，至明大抵不入姜盐矣，然而点茶下花果，至今不尽改，若又变而为果羹，则几乎将与酪竞爽了。岂酾茶致敬，以叶茶为太清淡，改用果饵，茶终非吃不可，抑或留恋于古昔之膏香盐味，故仍于其中杂投华实，尝取浓厚的味道乎？均未可知也。南方虽另有果茶，但在茶店凭栏所饮的一碗碗的清茶却是道地的苦茗，即俗所谓龙井，自农工以至老相公盖无不如此，而北方民众多嗜香片，以双窨为贵，此则犹有古风存焉。不佞食酪而亦吃茶，茶常而酪不可常，故酪疏而茶亲，唯亦未必平反旧案，主茶而奴酪耳，此二者盖牛羊与草木之别，人性各有所近，其在不佞则稍喜草木之类也。

二十三年五月

附 记

大义汪氏《大宗祠祭规》，嘉庆七年刊，有汪龙庄序，其《祭器祭品式》一篇中云大厅中堂用水果五碗，注曰高尺三，神座前及大厅东西座各用水果五碗，注曰高一尺。案此即高果，萧山风俗盖与郡城同，但《越谚》中高果却失载不知何也。

多鼠斋杂谈（节选）
戒酒、戒茶

老　舍

一　戒酒

并没有好大的量，我可是喜欢喝两杯儿。因吃酒，我交下许多朋友——这是酒的最可爱处。大概在有些酒意之际，说话作事都要比平时豪爽真诚一些，于是就容易心心相印，成为莫逆。人或者只在"喝了"之后，才会把专为敷衍人用的一套生活八股抛开，而敢露一点锋芒或"谬论"——这就减少了我些脸上的俗气，看着红扑扑的人有点样子！

自从在社会上作事至今的廿五六年中，我不记得一共醉过多少次，不过，随便的一想，便颇可想起"不少"次丢脸的事来。所谓丢脸者，或者正是给脸上增光的事，所以我并不后悔。酒的坏处并不在撒酒疯，得罪了正人君子——在酒后还无此胆量，未免就太可怜了！酒的真正的坏处是它伤害脑子。

"李白斗酒诗百篇"是一位诗人赠另一位诗人的夸大的谀赞。据我的经验，酒使脑子麻木，迟钝，并不能增加思想产物的产量。即使有人非喝醉不能作诗，那也是例外，而非正常。在我患贫血病的时候，每喝一次酒，病便加重一些；未喝的时候若患头"昏"，喝过之后便改为"晕"了，那妨碍我写作！

对肠胃病更是死敌。去年，因医治肠胃病，医生严嘱我戒酒。从去岁十月到如今，我滴酒未入口。

不喝酒，我觉得自己像哑巴了：不会嚷叫，不会狂笑，不会说话！啊，甚至于不会活着了！可是，不喝也有好处，肠胃舒服，脑袋昏而不晕，我便能天天写一二千字！虽然不能一口气吐出百篇诗来，可是细水长流的写小说倒也保险；还是暂且不破戒吧！

三　戒茶

我既已戒了烟酒而半死不活，因思莫若多加几戒，爽性快快的死了倒也干脆。

谈再戒什么呢？

戒荤吗？根本用不着戒，与鱼不见面者已整整二年，而猪羊肉近来也颇疏远。还敢说戒？平价之米，偶而有点油肉相佐，使我绝对相信肉食者"不鄙"！若只此而戒除之，则腹中全是平价米，而人也决变为平价人，可谓"鄙"矣！不能戒荤！

必不得已，只好戒茶。

我是地道中国人，咖啡、蔻蔻、汽水、啤酒，皆非所喜，而独喜茶。有一杯好茶，我便能万物静观皆自得。烟酒虽然也是我的好友，但它们都是男性的——粗莽，热烈，有思想，可也有火气——未若茶之温柔，雅洁，轻轻的刺戟，淡淡的相依；茶是女性的。

我不知道戒了茶还怎样活着，和干吗活着。但是，不管我愿意不愿意，近来茶价的增高已教我常常起一身小鸡皮疙瘩！

茶本来应该是香的，可是现在卅元一两的香片不但不香，而且有一股子咸味！为什么不把咸蛋的皮泡泡来喝，而单去买咸茶呢？六十元一两的可以不出咸味，可也不怎么出香味，六十元一两啊！谁知道明天不就又长一倍呢！

　　恐怕呀，茶也得戒！我想，在戒了茶以后，我大概就有资格到西方极乐世界去了——要去就抓早儿，别把罪受够了再去！想想看，茶也须戒！

风味在人间

荔枝蜜

杨　朔

　　花鸟草虫，凡是上得画的，那原物往往也叫人喜爱。蜜蜂是画家的爱物，我却总不大喜欢。说起来可笑。孩子时候，有一回上树掐海棠花，不想叫蜜蜂螫了一下，痛得我差点儿跌下来。大人告诉我说：蜜蜂轻易不螫人，准是误以为你要伤害它，才螫。一螫，它自己耗尽生命，也活不久了。我听了，觉得那蜜蜂可怜，原谅它了。可是从此以后，每逢看见蜜蜂，感情上疙疙瘩瘩的，总不怎么舒服。

　　今年四月，我到广东从化温泉小住了几天。四围是山，怀里抱着一潭春水，那又浓又翠的景色，简直是一幅青绿山水画。刚去的当晚，是个阴天，偶尔倚着楼窗一望：奇怪啊，怎么楼前凭空涌起那么多黑黝黝的小山，一重一重的，起伏不断。记得楼前是一片比较平坦的园林，不是山。这到底是什么幻景呢？赶到天明一看，忍不住笑了。原来是满野的荔枝树，一棵连一棵，每棵的叶子都密得不透缝，黑夜看去，可不就像小山似的。

荔枝也许是世上最鲜最美的水果。苏东坡写过这样的诗句："日啖荔枝三百颗，不辞长作岭南人"，可见荔枝的妙处。偏偏我来的不是时候，满树刚开着浅黄色的小花，并不出众。新发的嫩叶，颜色淡红，比花倒还中看些。从开花到果子成熟，大约得三个月，看来我是等不及在从化温泉吃鲜荔枝了。

吃鲜荔枝蜜，倒是时候。有人也许没听说这稀罕物儿吧？从化的荔枝树多得像汪洋大海，开花时节，满野嘤嘤嗡嗡，忙得那蜜蜂忘记早晚，有时趁着月色还采花酿蜜。荔枝蜜的特点是成色纯，养分大。住在温泉的人多半喜欢吃这种蜜，滋养精神。热心肠的同志为我也弄到两瓶。一开瓶子塞儿，就是那么一股甜香；调上半杯一喝，甜香里带着股清气，很有点鲜荔枝味儿。喝着这样的好蜜，你会觉得生活都是甜的呢。

我不觉动了情，想去看看自己一向不大喜欢的蜜蜂。

荔枝林深处，隐隐露出一角白屋，那是温泉公社的养蜂场，却起了个有趣的名儿，叫"蜜蜂大厦"。正当十分春色，花开得正闹。一走进"大厦"，只见成群结队的蜜蜂出出进进，飞去飞来，那沸沸扬扬的情景，会使你想：说不定蜜蜂也在赶着建设什么新生活呢。

养蜂员老梁领我走进"大厦"。叫他老梁，其实是个青年人，举动很精细。大概是老梁想叫我深入一下蜜蜂的生活，小小心心揭开一个木头蜂箱，箱里隔着一排板，每块板上满是蜜蜂，蠕蠕地爬着。蜂王是黑褐色的，身量特别细长，每只蜜蜂都愿意用采来的花精供养它。

老梁叹息似的轻轻说："你瞧这群小东西，多听话。"

我就问道："像这样一窝蜂，一年能割多少蜜？"

老梁说："能割几十斤。蜜蜂这物件，最爱劳动。广东天气好，花又多，蜜蜂一年四季都不闲着。酿得蜜多，自己吃得可有限。每回割蜜，给它们留一点点糖，够它们吃的就行了。它们从来不争，也不计较什么，还是继续劳动、继续酿蜜，整日整月不辞辛苦……"

我又问道："这样好蜜，不怕什么东西来糟害么？"

老梁说："怎么不怕？你得提防虫子爬进来，还得提防大黄蜂。大黄蜂这贼最恶，常常落在蜜蜂窝洞口。专干坏事。"

我不觉笑道："噢！自然界也有侵略者。该怎么对付大黄蜂呢？"

老梁说："赶！赶不走就打死它。要让它待在那儿，会咬死蜜蜂的。"

我想起一个问题，就问："可是呢，一只蜜蜂能活多久？"

老梁回答说："蜂王可以活三年，一只工蜂最多能活六个月。"

我说："原来寿命这样短。你不是总得往蜂房外边打扫死蜜蜂么？"

老梁摇一摇头说："从来不用。蜜蜂是很懂事的，活到限数，自己就悄悄死在外边，再也不回来了。"

我的心不禁一颤：多可爱的小生灵啊，对人无所求，给人的却是极好的东西。蜜蜂是在酿蜜，又是在酿造生活；不是为自己，而是在为人类酿造最甜的生活。蜜蜂是渺小的；蜜蜂却又多么高尚啊！

透过荔枝树林，我沉吟地望着远远的田野，那儿正有农民立在水田里，辛辛勤勤地分秧插秧。他们正用劳力建设自己的生活，实际也是在酿蜜——为自己，为别人，也为后世子孙酿造着生活的蜜。

　　这黑夜，我做了个奇怪的梦，梦见自己变成一只小蜜蜂。

一九六〇年

羊肝饼

周作人

有一件东西，是本国出产的，被运往外国经过四五百年之久，又运了回来，却换了别一个面貌了。这在一切东西都是如此，但在吃食有偏好关系的物事，尤其显著，如有名茶点的"羊羹"，便是最好的一例。

"羊羹"这名称不见经传，一直到近时北京仿制，才出现市面上。这并不是羊肉什么做的羹，乃是一种净素的食品，系用小豆做成细馅，加糖精制而成，凝结成块，切作长物，所以实事求是，理应叫作"豆沙糖"才是正办。但是这在日本（因为这原是日本仿制的食品）一直是这样写，他们也觉得费解，加以说明，最近理的一种说法是，这种豆沙糖在中国本来叫作羊肝饼，因为饼的颜色相像，传到日本，不知因何传讹，称为羊羹了。虽然在中国查不出羊肝饼的故典，未免缺恨，不过唐朝时代的点心有哪几种，至今也实难以查清，所以最好承认，算是合理的说明了。

传授中国学问技术去日本的人，是日本的留学僧人，他们于学术之外，还把些吃食东西传过去。羊肝饼便是这些和尚带回去的食品，在公历十五六世纪"茶道"发达时代，便开始作为茶点而流行起来。在日本文化上有一种特色，便是"简单"，在一样东西上精益求精的干下来，在吃食上也有此风，于是便有一家专做羊肝饼（羊羹）的店，正如做昆布（海带）的也有专门店一样。结果是"羊羹"大大的有名，有纯粹豆沙的，这是正宗，也有加栗子的，或用柿子做的，那是旁门，不足重了。现在说起日本茶食，总第一要提出"羊羹"，不知它的祖宗是在中国，不过一时无可查考罢了。

近时在中国市场上，又查着羊肝饼的子孙，仍旧叫作"羊羹"，可是已经面目全非——因为它已加入西洋点心的队伍里去了。它脱去了"简单"的特别衣服，换上了时髦装束，做成"奶油""香草"，各种果品的种类。我希望它至少还保留一种，有小豆的清香的纯豆沙的羊羹，熬得久一点，可以经久不变，却不可复得了。

倒是做冰棍（上海叫棒冰）的在各式花样之中，有一种小豆的，用豆沙做成，很有点羊肝饼的意思，觉得是颇可吃得，何不利用它去制成一种可口的吃食呢。

蜀　黍

王统照

收拾旧书，发现了前几年为某半月刊上所作的一篇短文，题目是"青纱帐"。文中说到已死去十多年的我的一个族人曾为高粱作过一首诗，诗是：

高粱高似竹，遍野参差绿。

粒粒珊瑚珠，节节琅玕玉。

我再看一遍，觉得那篇文字专对"青纱帐"这个名词上写去，对于造成青纱帐的高粱反说得较少，所以这次另换了"蜀黍"二字作为新题目，重写一篇。

在北方的乡下看惯了，吃惯了，谁也晓得甚么是高粱。不待解说。但不要太看轻了，只就它名字上说起来，便有不同的说法。不是么？"秫秫"是乡下最通俗的叫法，甚么"锄几遍秫秫，打秫秸叶，秫秫晒米了"。这些普通话，按着时候在农民的口中准可听到。"高粱"自然是为它比一切的谷类都高出的缘故，不过"粱"字便有了疑问。曰谷，曰粱，曰粟，统是呼谷的种种名目。

"粱"，据前人的解释是："米名也，按即粟也，穈也，芑也，谓小米之大而不粘者，其细而粘者谓之黍。"不过这等说法是不是指的现在的高粱？原来中国的谷类分别为九：黍、稷、粱、秫、稻、麦、菽、麻、菰。不过这里所谓"粱"即穈与芑，小米之粗而不粘者，与"秫秫"无关，而所谓"秫"者是否是高粱。也是疑问。为要详辨那要专成一篇考证文字，暂且不提。不过习俗相沿却以高粱的名称最为普遍，好在一个"高"字足以代表出它的特性，确是很好的形容词。

但是"蜀黍"从张华的《博物志》上才有此二字的名称。原文没说那是高粱，后来有人以为蜀黍即是稷。直到段玉裁《说文解字注》方把从前所谓蜀黍即稷说加以改正，他说："汉人皆冒粱为稷，而稷为秫秫，鄙人能通其音者士大夫不能举其字。"以前全被"秫""粱"二字混了。蜀黍即秫秫（高粱），却非黍类！高粱是俗名，亦非粱类。黍粒细小多粘性（亦有不粘者），而"膏粱"之"粱"字，必不是指的秫秫这类乡间的粗食。《礼记》曰："粱曰芗萁。"《国语》曰："夫膏粱之性难正也。"注："食之精者。"这是指现在所见小米之大而粘者，与秫秫当然不是一类。"蜀黍"二字在古书中见不到，朱骏声曰：

> 今之高粱三代时其种未必入中国，亦谓之蜀
> 黍，又曰蜀秫。其实与粱、秫、黍、稷均无涉也。

朱氏虽然没考出高粱究竟是甚么时候有的这种农产品，而与"粱、秫、黍、稷均无涉也"，可谓一语破的。

如像此说法何以称为蜀黍？或是由蜀地中传过来的种粒？但没有证据，只是字面的推测，自然有待于考证。

乡间人不懂这些分门别类、音义兼通种种名词，不过习俗相沿，循名求实，亦自有道理。譬如"种秫谷"三字连用可以单呼为秫。至去谷呼高粱，则必凑以双音曰秫秫。谷成通名，亦为专名，如"五谷""百谷"，虽与乡下人说此，亦明其义。如"割谷、晒谷、枭谷"是专指带

糠秕的小米而言，其实便是"粱"。至于"秫"字指高粱必须双用，曰秫秫，不能单叫一音。

有人说是北地呼蜀黍音重，即为秫秫。是吗？蜀黍果然是原来传自南方吗？这却又是一个重大的疑问。

好了，由青纱帐谈到高粱；由高粱转到蜀黍，再照这样写下去真成了植物考证了。不过因为习叫久了的名称与字义上的研究微有不同，所以略述如上。

单讲高粱这种农产食物，我欢迎它的劲节直上，不屈不挠；我赞美它的宽叶，松穗，风度阔大；尤其可爱的是将熟的红米迎风飐动，真与那位诗人所比拟的珊瑚珠相似，在秋阳中露出它的成熟丰满来。高粱在夏日中的勃生，比其他农产物都快得多多。零娄农说：

久旱而澍则禾骤长，一夜几逾尺。

虽曰文人的形容不无甚词，而高粱的勃生可是事实，几天不见，在田地中骤高几许。其生长力绝非麦、谷、豆类所能比拟。

高粱在北方不但是农家的主要食品，而且它具有种种用处：如秫秸与根可为燃料，秫秸秆可以勒床，可作菜圃中冬日的风帐，秆皮劈下可以编成贱价的席子，论其全体绝无弃物。

高粱米吃法甚多：煮粥，煎饼，与小米、豆子相合蒸窝窝头。而最大的用处是造酒，这类高粱酒在北方固然是无处不通行，而南方亦有些地方嗜饮且能酿造。如果有细密的调查便知高粱除却供给农民一部分的食用外，造酒要用多少，这怕是一个可惊的数目！

粗糙是有的，可颇富于滋养力。爽直是它的特性，却不委琐，不柔靡，易生，易熟，不似别的农产品娇弱。这很具有北方性。与北方的地理与气候特别适宜。它能以抵抗稍稍的亢旱，也不怕水潦，除却大水没了它的全身。

记得幼小时候见人家背了打过的秫秸叶，便要几个来拿在手里，摹仿舞台上的英雄挥动单刀，那长长的宽叶子确像一把薄刀。新秫秸剥去外皮，光滑、红润，有一种全紫色的尤为美丽可爱。

至于不成熟的高粱穗苞，名叫"灰包"。小孩子在其嫩时取下来食之甘脆，偶然吃着成熟过的，弄一嘴黑丝，或成灰堆，蹙眉下咽，亦多趣味。

但是这在北方乡下是很平常的小孩子的玩具与食品，同都市的孩子们谈起来却成为"异闻"了。

结缘豆

周作人

范寅《越谚》卷中《风俗门》云：

"结缘，各寺庙佛生日散钱与丐，送饼与人，名此。"敦崇《燕京岁时记》有《舍缘豆》一条云：

"四月八日，都人之好善者取青黄豆数升，宣佛号而拈之，拈毕煮熟，散之市人，谓之舍缘豆，预结来世缘也。谨按《日下旧闻考》，京师僧人念佛号者辄以豆记其数，至四月八日佛诞生之辰，煮豆微撒以盐，邀人于路请食之以为结缘，今尚沿其旧也。"刘玉书《常谈》卷一云：

"都南北多名刹，春夏之交，士女云集，寺僧之青头白面而年少者着鲜衣华屦，托朱漆盘，贮五色香花豆，蹀蹼于妇女襟袖之间以献之，名曰结缘，妇女亦多嬉取者。适一僧至少妇前奉之甚殷，妇慨然大言曰，良家妇不愿与寺僧结缘。左右皆失笑，群妇赧然缩手而退。"

就上边所引的话看来，这结缘的风俗在南北都有，虽然情形略有不同。小时候在会稽家中常吃到很小的小烧饼，说是结缘分来的，范啸风所说的饼就是这个。这种小烧饼与"洞里火烧"的烧饼不同，大约直径一寸高约五分，馅用椒盐，以小皋步的为最有名，平常二文钱一个，底有两个窟窿，结缘用的只有一孔，还要小得多，恐怕还不到一文钱吧。北京用豆，再加上念佛，觉得很有意思，不过二十年来不曾见过有人拿了盐煮豆沿路邀吃，也不听说浴佛日寺庙中有此种情事，或者现已废止亦未可知，至于小烧饼如何，则我因离乡里已久不能知道，据我推想或尚在分送，盖主其事者多系老太婆们，而老太婆者乃是天下之最有闲而富于保守性者也。

结缘的意义何在？大约是从佛教进来以后，中国人很看重缘，有时候还至于说得很有点神秘，几乎近于命数。如俗语云，有缘千里来相会，无缘对面不相逢，又小说中狐鬼往来，末了必云缘尽矣，乃去。敦礼臣所云预结来世缘，即是此意。其实说得浅淡一点，或更有意思，例如唐伯虎之三笑,才是很好的缘,不必于冥冥中去找红绳缚脚也。我很喜欢佛教里的两个字,曰业曰缘,觉得颇能说明人世间的许多事情,仿佛与遗传及环境相似,却更带一点儿诗意。日本无名氏诗句云:

"虫呵虫呵,难道你叫着,业便会尽了么?"这业的观念太是冷而且沉重,我平常笑禅宗和尚那么超脱,却还挂念腊月二十八,觉得生死事大也不必那么操心,可是听见知了在树上喳喳地叫,不禁心里发沉,真感得这件事恐怕非是涅槃是没有救的了。缘的意思便比较的温和得多,虽不是三笑那么圆满也总是有人情的,即使如库普林在《晚间的来客》所说,偶然在路上看见一只黑眼睛,以至梦想颠倒,究竟逃不出是春叫猫儿猫叫春的圈套,却也还好玩些。此所以人家虽怕造业而不惜作缘欤?若结缘者又买烧饼煮黄豆,逢人便邀,则更十分积极矣,我觉得很有兴趣者盖以此故也。

为什么这样的要结缘的呢?我想,这或者由于不安于孤寂的缘故吧。富贵子嗣是大众的愿望,不过这都有地方可以去求,如财神送子娘娘等处,然而此外还有一种苦痛却无法解除,即是上文所说的人生的孤寂。孔子曾说过,鸟兽不可与同群,吾非斯人之徒而谁与。人是喜群的,但他往往在人群中感到不可堪的寂寞，有如在庙会时挤在潮水般的人丛里，特别像是一片树叶，与一切绝缘而孤立着。念佛号的老公公老婆婆也不会不感到，或者比平常人还要深切吧，想用什么仪式来施行祓除，列位莫笑他们这几颗豆或小烧饼，有点近似小孩们的"办人家"，实在却是圣餐的面包蒲陶酒似的一种象征，很寄存着深重的情意呢。我们的确彼此太缺少缘分，假如可能实有多结之必要，因此我对于那些好善者着实同情，而且大有加入的意思，虽然青头白面的和尚我与刘青园同样的讨厌，觉得不必与他们去结缘，而朱漆盘中的五色香花豆盖亦本来不是献给我辈者也。

我现在去念佛拈豆，这自然是可以不必了，姑且以小文章代之耳。我写文章，平常自己怀疑，这是为什么的：为公乎，为私乎？一时也有点说不上来。钱振锽《名山小言》卷七有一节云：

"文章有为我兼爱之不同。为我者只取我自家明白，虽无第二人解，亦何伤哉，老子古简，庄生诡诞，皆是也。兼爱者必使我一人之心共喻于天下，语不尽不止，孟子详明，墨子重复，是也。《论语》多弟子所记，故语意亦简，孔子诲人不倦，其语必不止此。或怪孔明文采不艳而过于丁宁周至，陈寿以为亮所与言尽众人凡士云云，要之皆文之近于兼爱者也。诗亦有之，王孟闲适，意取含蓄，乐天讽谕，不妨尽言。"这一节话说得很好，可是想拿来应用却不很容易，我自己写文章是属于那一派的呢？说兼爱固然够不上，为我也未必然，似乎这里有点儿缠夹，而结缘的豆乃仿佛似之，岂不奇哉。写文章本来是为自己，但他同时要一个看的对手，这就不能完全与人无关系，盖写文章即是不甘寂寞，无论怎样写得难懂意识里也总期待有第二人读，不过对于他没有过大的要求，即不必要他来做喽啰而已。煮豆微撒以盐而给人吃之，岂必要索厚偿，来生以百豆报我，但只愿有此微末情分，相见时好生看待，不至伥伥来去耳。古人往矣，身后名亦复何足道，唯留存二三佳作，使今人读之欣然有同感，斯已足矣，今人之所能留赠后人者亦止此，此均是豆也。几颗豆豆，吃过忘记未为不可，能略为记得，无论转化作何形状，都是好的，我想这恐怕是文艺的一点效力，他只是结点缘罢了。我却觉得很是满足，此外不能有所希求，而且过此也就有点不大妥当，假如想以文艺为手段去达别的目的，那又是和尚之流矣，夫求女人的爱亦自有道，何为舍正路而不由，乃

托一盘豆以图之，此则深为不佞所不能赞同者耳。廿五年
九月八日，在北平。

落花生

许地山

我们屋后有半亩隙地。母亲说："让他荒芜着怪可惜，既然你们那么爱吃花生，就辟来做花生园罢。"我们几姊弟和几个小丫头都很喜欢——买种底买种，动土底动土，灌园底灌园；过不了几个月，居然收获了！

妈妈说："今晚我们可以做一个收获节，也请你们爹爹来尝尝我们底新花生，如何？"我们都答应了。母亲把花生做成好几样底食品，还吩咐这节期要在园里底茅亭举行。

那晚上底天色不大好，可是爹爹也到来，实在很难得！爹爹说："你们爱吃花生么？"

我们都争着答应："爱！"

"谁能把花生底好处说出来？"

姊姊说："花生底气味很美。"

哥哥说："花生可以制油。"

我说："无论何等人都可以用贱价买他来吃；都喜欢吃他。这就是他底好处。"

爹爹说："花生底用处固然很多；但有一样是很可贵的。这小小的豆不像那好看的苹果、桃子、石榴，把他们底果实悬在枝上，鲜红嫩绿的颜色，令人一望而发生羡慕底心。他只把果子埋在地底，等到成熟，才容人把他挖出来，你们偶然看见一棵花生瑟缩地长在地上，不能立刻辨出他有没有果实，非得等到你接触他才能知道。"

我们都说："是的。"母亲也点点头。爹爹接下去说："所以你们要像花生，因为他是有用的，不是伟大、好看的东西。"我说："那么，人要做有用的人，不要做伟大、体面的人了。"爹爹说："这是我对于你们底希望。"

我们谈到夜阑才散，所有花生食品虽然没有了，然而父亲底话现在还印在我心版上。

北京的茶食

周作人

　　在东安市场的旧书摊上买到一本日本文章家五十岚力的《我的书翰》，中间说起东京的茶食店的点心都不好吃了，只有几家如上野山下的空也，还做得好点心，吃起来馅和糖及果实浑然融合，在舌头上分不出各自的味来。想起德川时代江户的二百五十年的繁华，当然有这一种享乐的流风余韵留传到今日，虽然比起京都来自然有点不及。北京建都已有五百余年之久，论理于衣食住方面应有多少精微的造就，但实际似乎并不如此，即以茶食而论，就不曾知道什么特殊的有滋味的东西。固然我们对于北京情形不甚熟悉，只是随便撞进一家饽饽铺里去买一点来吃，但是就撞过的经验来说，总没有很好吃的点心买到过。难道北京竟是没有好的茶食，还是有而我们不知道呢？这也未必全是为贪口腹之欲，总觉得住在古老的京城里吃不到包含历史的精炼的或颓废的点心是一个很大的缺陷。北京的朋友们，能够告诉我两三家做得上好点心的饽饽铺么？

我对于二十世纪的中国货色，有点不大喜欢，粗恶的模仿品，美其名曰国货，要卖得比外国货更贵些。新房子里卖的东西，便不免都有点怀疑，虽然这样说好像遗老的口吻，但总之关于风流享乐的事我是颇迷信传统的。我在西四牌楼以南走过，望着异馥斋的丈许高的独木招牌，不禁神往，因为这不但表示他是义和团以前的老店，那模糊阴暗的字迹又引起我一种焚香静坐的安闲而丰腴的生活的幻想。我不曾焚过什么香，却对于这件事很有趣味，然而终于不敢进香店去，因为怕他们在香合上已放着花露水与日光皂了。我们于日用必需的东西以外，必须还有一点无用的游戏与享乐，生活才觉得有意思。我们看夕阳，看秋河，看花，听雨，闻香，喝不求解渴的酒，吃不求饱的点心，都是生活上必要的——虽然是无用的装点，而且是愈精炼愈好。可怜现在的中国生活，却是极端地干燥粗鄙，别的不说，我在北京彷徨了十年，终未曾吃到好点心。

十三年二月

南北的点心

周作人

　　中国地大物博，风俗与土产随地各有不同，因为一直缺少人纪录，有许多值得也是应该知道的事物，我们至今不能知道清楚，特别是关于衣食住的事项。我这里只就点心这个题目，依据浅陋所知，来说几句话，希望抛砖引玉，有旅行既广，游历又多的同志们，从各方面来报道出来，对于爱乡爱国的教育，或者也不无小补吧。

　　我是浙江东部人，可是在北京住了将近四十年，因此南腔北调，对于南北情形都知道一点，却没有深厚的了解。据我的观察来说，中国南北两路的点心，根本性质上有一个很大的区别，简单的下一句断语，北方的点心是常食的性质，南方的则是闲食。我们只看北京人家做饺子馄饨面总是十分茁实，馅决不考究；面用芝麻酱拌，最好也只是炸酱；馒头全是实心。本来是代饭用的，只要吃饱就好，所以并不求精。若是回过来走到东安市场，往五芳斋去叫了来吃，尽管是同样名称，做法便大不一样，别说蟹黄包子，鸡肉馄饨，就是一碗三鲜汤面，也是精细鲜美的。可是有一层，这决不可能吃饱当饭，一则因为价钱比较贵，二则昔时无此习惯。后来上海也有阳春面，可以当饭了，但那是新时代的产物，在老辈看来，是不大可以为训的。

我母亲如果在世，已有一百岁了，她生前便是绝对不承认点心可以当饭的，有时生点小毛病，不喜吃大米饭，随叫家里做点馄饨或面来充饥，即使一天里仍然吃过三回，她却总说今天胃口不开，因为吃不下饭去，因此可以证明那馄饨和面都不能算是饭。这种论断，虽然有点近于武断，但也可以说是有客观的佐证，因为南方的点心是闲食，做法也是趋于精细鲜美，不取茁实一路的。上文五芳斋固然是很好的例子，我还可以再举出南方做烙饼的方法来，更为具体，也有意思。

我们故乡是在钱塘江的东岸，那里不常吃面食，可是有烙饼这物事。这里要注意的，是"烙"不读作"老"

字音，乃是"洛"字入声，又名为山东饼，这证明原来是模仿大饼而作的，但是烙法却大不相同了。乡间卖馄饨面和馒头都分别有专门的店铺，唯独这烙饼只有摊，而且也不是每天都有，这要等待那里有社戏，才有几个摆在戏台附近，供看戏的人买吃，价格是每个制钱三文，计油条价二文，葱酱和饼只要一文罢了。做法是先将原本两折的油条扯开，改作三折，在熬盘上烤焦，同时在预先做好的直径约二寸，厚约一分的圆饼上，满搽红酱和辣酱，撒上葱花，卷在油条外面，再烤一下，就做成了。它的特色是油条加葱酱烤过，香辣好吃，那所谓饼只是包裹油条的东西，乃是客而非主，拿来与北方原来的大饼相比，厚大如茶盘，卷上黄酱与大葱，大嚼一张，可供一饱，这里便显出很大的不同来了。

上边所说的点心偏于面食一方面，这在北方本来不算是闲食吧。此外还有一类干点心，北京称为饽饽，这才当作闲食，大概与南方并无什么差别。但是这里也有一点不同，据我的考察，北方的点心历史古，南方的历史新，古者可能还有唐宋遗制，新的只是明朝中叶吧。点心铺招牌上有常用的两句话，我想借来用在这里，似乎也还适当，北方可以称为"官礼茶食"，南方则是"嘉湖细点"。

　　我们这里且来作一点烦琐的考证，可以多少明白这时代的先后。查清顾张思的《土风录》卷六，"点心"条下云："小食曰点心，见吴曾《漫录》。唐郑傪为江淮留后，家人备夫人晨馔，夫人谓其弟曰：'治妆未毕，我未及餐，尔且可点心。'俄而女仆请备夫人点心，傪诟曰：'适已点心，今何得又请！'"由此可知点心古时即是晨馔。同书又引周辉《北辕录》云："洗漱冠栉毕，点心已至。"后文说明点心中馒头、馄饨、包子等，可知是说的水点心，在唐朝已有此名了。

　　茶食一名，据《土风录》云："干点心曰茶食，见宇文懋昭《金志》：'婿先期拜门，以酒馔往，酒三行，进大软脂小软脂，如中国寒具，又进蜜糕，人各一盘，曰茶食。'"《北辕录》云："金国宴南使，未行酒，先设茶筵，进茶一盏，谓之茶食。"茶食是喝茶时所吃的，与小食不同，大软脂，大抵有如蜜麻花，蜜糕则明系蜜饯之类了。从文献上看来，点心与茶食两者原有区别，性质也就不同，但是后来早已混同了，本文中也就混用，那招牌上的话也只是利用现代文句，茶食与细点作同意语看，用不着再分析了。

　　我初到北京来的时候，随便在饽饽铺买点东西吃，觉得不大满意，曾经埋怨过这个古都市，积聚了千年以上的文化历史，怎么没有做出些好吃的点心来。老实说，北京的大八件、小八件，尽管名称不同，吃起来不免单调，正和五芳斋的前例一样，东安市场内的稻香春所做南式茶食，并不齐备，但比起来也显得花样要多些了。

过去时代，皇帝向在京里，他的享受当然是很豪华的，却也并不曾创造出什么来，北海公园内旧有"仿膳"，是前清膳房的做法，所做小点心，看来也是平常，只是做得小巧一点而已。南方茶食中有些东西，是小时候熟悉的，在北京都没有，也就感觉不满足，例如糖类的酥糖、麻片糖、寸金糖，片类的云片糕、椒桃片、松仁片，软糕类的松子糕、枣子糕、蜜仁糕、桔红糕等。此外有缠类，如松仁缠、核桃缠，乃是在干果上包糖，算是上品茶食，其实倒并不怎么好吃。

南北点心粗细不同，我早已注意到了，但这是怎么一个系统，为什么有这差异？那我也没有法子去查考，因为孤陋寡闻，而且关于点心的文献，实在也不知道有什么书籍。但是事有凑巧，不记得是哪一年，或者什么原因了，总之见到几件北京的旧式点心，平常不大碰见，样式有点别致的，这使我忽然大悟，心想这岂不是在故乡见惯的

"官礼茶食"么？

故乡旧式结婚后，照例要给亲戚本家分"喜果"，一种是干果，计核桃、枣子、松子、榛子，讲究的加荔枝、桂圆。又一种是干点心，记不清它的名字。查范寅《越谚》饮食门下，记有金枣和珑缠豆两种，此外我还记得有佛手酥，菊花酥和蛋黄酥等三种。这种东西，平时不易销，店铺里也不常备，要结婚人家订购才有，样子虽然不差，但材料不大考究，即使是可以吃得的佛手酥，也总不及红绫饼或梁湖月饼，所以喜果送来，只供小孩们胡乱吃一阵，大人是不去染指的。可是这类喜果却大抵与北京的一样，而且结婚时节非得使用不可。云片糕等虽是比较要好，却是决不使用的。这是什么理由？

这一类点心是中国旧有的，历代相承，使用于结婚仪式。一方面时势转变，点心上发生了新品种，然而一切仪式都是守旧的，不轻易容许改变，因此即使是送人的喜果，也有一定的规矩，要定做现今市上不通行了的物品来使用。同是一类茶食，在甲地尚在通行，在乙地已出了新的品种，只留着用于"官礼"，这便是南北点心情形不同的缘因了。

上文只说得"官礼茶食"，是旧式的点心，至今流传于北方。至于南方点心的来源，那还得另行说明。"嘉湖细点"这四个字，本是招牌和仿单上的口头禅，现在正好借用过来，说明细点的来源。因为据我的了解，那时期当为前明中叶，而地点则是东吴西浙，嘉兴湖州正是代表地方。我没有文书上的资料，来证明那时吴中饮食丰盛奢华的情形，但以近代苏州饮食风靡南方的事情来作比，这里有点类似。

明朝自永乐以来，政府虽是设在北京，但文化中心一直还是在江南一带。那里官绅富豪生活奢侈，茶食一类就发达起来。就是水点心，在北方作为常食的，也改作得特别精美，成为以赏味为目的的闲食了。这南北两样的区别，在点心上存得很久，这里固然有风俗习惯的关系，一时不易改变；但在"百花齐放"的今日，这至少该得有一种进展了吧。其实这区别不在于质而只是量的问题，换一句话即是做法的一点不同而已。我们前面说过，家庭的鸡蛋炸酱面与五芳斋的三鲜汤面，固然是一例。此外则有大块粗制的窝窝头，与"仿膳"的一碟十个的小窝窝头，也正是一样的变化。

北京市上有一种爱窝窝，以江米煮饭捣烂（即是糍粑）为皮，中裹糖馅，如元宵大小。李光庭在《乡言解

颐》中说明它的起源云：相传明世中宫有嗜之者，因名曰
御爱窝窝，今但曰爱而已。这里便是一个例证，在明清两
朝里，窝窝头一件食品，便发生了两个变化了。本来常食
闲食，都有一定习惯，不易轻轻更变，在各处都一样是闲
食的干点心则无妨改良一点做法，做得比较精美，在人民
生活水平日益提高的现在，这也未始不是切合实际的事情
吧。国内各地方，都富有不少有特色的点心，就只因为地
域所限，外边人不能知道，我希望将来不但有人多多报
道，而且还同土产果品一样，陆续输到外边来，增加人民
的口福。

杨贵妃吃荔枝

周瘦鹃

唐代开元年间，四海承平，明皇在位，便以声色自娱；贵妃杨玉环最得他的宠爱，白香山《长恨歌》所谓"后宫佳丽三千人，三千宠爱在一身"；因此她要什么，就依她什么，真的是百依百顺。贵妃生于蜀中，爱吃荔枝，一定要新鲜的，于是下旨取涪州荔枝，从子午谷路进入，飞骑传送，历程数千里，到达京师时，色香味都还未变，可知一路传送的速度。

关于杨贵妃所吃的荔枝的来源，言人人殊，《杨妃外传》说贡自南海，杜诗中也说是南海与炎方；而张君房以为贡自忠州，苏东坡却说是涪州，都未肯定；可是《涪州图经》所载与当地人士声称，涪州有妃子园荔枝，即是进贡给贵妃吃的。又据蔡君谟《荔枝谱》说："天宝中，妃子尤爱嗜，涪州岁命驿致。"又称："洛阳取于岭南，长安来于巴蜀。"于是后人都深信此说，没有争论了。可是又有人证明其非，据说襄州人鲍防，天宝末举进士，那时明皇恰下诏飞骑递进南海荔枝，以七日七夜到达京师，鲍因作《杂感》诗云："五月荔枝初破颜，朝离象郡夕函关。雁飞不到桂阳岭，马走皆从林邑山。"这就说贵妃所吃的荔枝是从南海去的，涪州之说又不可靠。

《唐书·礼乐志》称明皇临幸骊山时，逢杨贵妃生日，命小部在长生殿张乐，奏新曲上寿，一时还没有名称；恰巧南方进贡荔枝，因此就定名"荔枝香"。天宝中正月十五夜，明皇在常春殿撒闽江红锦荔枝，命宫人争相拾取以为戏，那么这又是辱贡自闽中的荔枝了。

关于杨贵妃吃荔枝的诗，自以唐杜牧《华清宫》一首最为传诵人口，诗云："长安回首绣成堆，山顶千门次第开。一骑红尘妃子笑，无人知是荔枝来。"最近岭南荔枝有妃子笑一种，即因此定名的。宋曾巩《荔枝》云："玉润冰清不受尘，仙衣裁剪绛纱新。千门万户谁曾得，只有昭阳第一人。"明张爕《荔枝词》云："长生殿上紫烟开，妃子红妆映酒杯。小部新声歌未了，岭南飞骑带香来。"这是咏及《荔枝香》新曲的。

杨贵妃病齿，据说就为了多吃荔枝内热太重之故；宋黄庭坚《题杨妃病齿》云："多食侧生，损其左车。"侧生就是指荔枝。又元杨维桢《宫词》云："熏风殿阁日初长，南贡新来荔子香。西邸阿环方病齿，金笼分赐雪衣娘。"这是诗中有画，分明是一幅杨妃病齿图了。荔枝生于炎方，多吃确是太热，据说蜜浆可解，或以荔壳浸水饮之亦可。

清代洪昉思的《长生殿传奇》中，有《进果》一出，写贡使的劳苦，和一路上伤害人命，摧残庄稼的种种扰民之举，足见统治阶级的罪恶。《舞盘》一出，就是写明皇在杨贵妃生日寿宴初开进献荔枝，与梨园子弟歌舞祝寿情形，中有〔杯底庆长生〕〔倾杯序〕〔换头〕唱词云："盈筐，佳果香，幸黄封，远敕来川广。爱他浓染红绡，薄裹晶丸，入手清芬，沁齿甘凉。〔长生导引〕便火枣交梨应让。只合来万岁台前，千秋筵上，伴瑶池阿母进琼浆。"这是杨贵妃的全盛时期，不料后来却有马嵬之变，"六军不发无奈何，蛾眉宛转马前死"，那沁齿甘凉的荔枝，可就永永吃不成了。

恰夏果杨梅万紫稠

周瘦鹃

　　当我在琢磨那首咏"长沙"的《沁园春》词时，一时不知该怎样着手？穷思极想之余，却给我抓住了末一句"浪遏飞舟"四个字，得到了启发，可就联想到那三万六千顷浪遏飞舟的太湖，又联想到那太湖上花果烂漫的洞庭山。当下就把洞庭山作为主题，费了大半天的工夫，好容易总算写成了。上半首写的是山上景物和动态，下半首写的是前几年游山的回忆，抚今思昔，真是别有一番滋味上心头。

　　那时我游的是洞庭西山，恰值是杨梅成熟的季节，因此我那下半首的头二句用"游"字韵和"稠"字韵，凑巧地写成了"年时曾此遨游，恰夏果杨梅万紫稠"。真的，当时在山上所见到的，记忆犹新；在那漫山遍野无数的杨梅树上，密密麻麻地结着无数红红紫紫的杨梅，别说数也数不清，简直连看也看不清了。我跟着那位导游的朋友在山径上走走停停，欣赏着那许多杨梅树上的累累硕果。一路走去，常常听得路旁杨梅树上响起一片清脆的笑声，从密密的绿叶丛中透将出来。原来是山农家的姑娘们正在那里摘取她们劳动的果实；一会儿就三三两两地下了树，把摘到的杨梅从小篮子里放到大竹筐里，用扁担挑着竹筐回家去。我从旁瞧着，觉得这情景倒是挺有诗意的，于是口占了二十八字："摘来嘉果出深丛，三两吴娃笑语同。拂柳分花归去缓，一肩红紫夕阳中。"所谓"一肩红紫"，当然是指她们肩挑着的满筐杨梅了。

杨梅毕竟是果中大家，不同凡品，因此植物学家给它所定的科属，就是杨梅科和杨梅属。李时珍给它释名，说是"其形如水杨子而味似梅，故名"。段氏（公路）《北户录》名杭子；扬州人呼白杨梅为圣僧。以圣僧作为白杨梅的别名，不知是何所取义？我总觉得太怪了。杨梅树是常绿乔木，叶形狭长而尖，很像夹竹桃，可是形态较短而较厚，一簇一簇的光泽可喜。我曾从西山带回来一株矮矮的老树，模样儿很美，栽在盆子里作为盆景，想看它开花结果。可是山野之性，不惯于局处盆子，不满两年，就与世长辞了。杨梅在春天开出黄白小花来，有雌有雄。雄花不能结实，雌花结成小球似的果实，周身是坚硬的小颗粒，到小暑节边成熟。为了种子的不同，因有红、紫、白、黄、浅红等色彩，自以紫、白二种为上品。味儿有酸有甜，但是甜中带一些酸，倒也别有风味，正如宋代诗人方岳咏杨梅诗所说的："众口但便甜似蜜，宁知奇处是微酸"，可算是知味的了。

　　杨梅的品种，因地而异，据旧籍《群芳谱》载："杨梅，会稽产者为天下冠；吴中杨梅种类甚多，名大叶者最早熟，味甚佳，次则下山，本出苕溪，移植光福山中尤胜；又次为青蒂、白蒂及大小松子，此外味皆不及。"不错，我们苏州光福镇原是一个花果之乡，潭东一带的杨梅，至今还是果类中颇颇有名的产品，与色紫而刺圆的洞庭山所产的杨梅，可以分庭抗礼。浙江的杨梅，会稽当然包括在内；大叶青种就产在萧山，果形椭圆，刺尖，作紫色，甘美可口。不可多得的白杨梅，就产在上虞，果形不大，而颗颗扁圆，很为别致。明代诗人瞿佑咏白杨梅诗，曾有"乃祖杨朱族最奇，诸孙清白又分枝。炎风不解消冰骨，寒粟偏能上玉肌"之句，有力地把个"白"字衬托了出来。

　　杨梅供人食用，大概已有一千多年的历史，梁代江淹就有一篇《杨梅赞》："宝跨荔枝，芳轶木兰。怀蕊挺实，涎黄糅丹。镜日绣鋆，照霞绮峦。为我羽翼，委君玉盘。"说它跨荔枝而轶木兰，真是尽其赞之能事了。汉代东方朔作《林邑记》有云："林邑山杨梅，其大如杯碗。青时极酸，既红，味如崖蜜。以酝酒，号梅香酎，非贵人重客，不得饮之。"杨梅竟大如杯碗，闻所未闻；至于用杨梅酿酒，至今还在流行，并且还有杨梅果汁和杨梅果酱等等，供广大群众享受了。

　　杨梅又有一个别名，叫做"君家果"，据《世说》载：梁国杨氏子修九岁，甚聪慧，孔君平诣其父，父不在，乃呼儿出，为设果，果有杨梅；孔指以示儿曰："此是君家果。"儿应声答曰："未闻孔雀是夫子家禽。"自从有了这个故事以后，姓杨的人就是往往跟杨梅认起亲来。例如宋代杨万里诗："故人解寄吾家果，未变蓬莱阁下香"；明代杨循吉诗："杨梅本是我家果，归来相对叹先作"，只因这两位诗人都是姓杨，所以就称杨梅为吾家果了。此外，还有把唐明皇的爱宠杨贵妃拉扯在一起的，如宋代方岳的一首咏杨梅诗："五月梅晴暑正祥，杨家亦有果堪攀。雪融火齐骊珠冷，粟起丹砂鹤顶殷。并与文园消午渴，不禁越女蹙春山。略如荔子仍同姓，直恐前身是阿环。"这位诗人竟把杨梅当作杨玉环的后身，真是想入非非。

栽杨梅宜山土，以砂质而混合一些细石子的，最为合适，所以栽在山地上就易于成长，并且最好是在山坡的东面和北面，西、北二面还要有一带常绿树，给它们挡住西北风，才可安稳过冬。栽种和移植时期，宜在农历三四月间，每株距离约二丈见方，不可太近。地形要高，但是地土要湿润，因此梅雨时节，就发育得很快，自有欣欣向荣之象。一到炎夏，烈日整天地晒着，枝叶就容易焦黄，影响了它的发育。新种的苗木，必须注意它的干湿，即使经过二三年，要是遇到天旱，仍须好好浇水，不可懈怠。浇水之外，还要注意施肥，用豆粕、草木灰、人粪尿等和水，先在春初一二月间施一次，到得结了果摘去以后，再施一次。树性较强，病虫害较少；枝条如果并不太密，也就不必常加修剪。

三年以来，我们苏州洞庭东西山的杨梅，年年获得大丰收。一九六一年五月下旬，有一位诗友从洞庭山来，说起今年杨梅时节，踏遍了东西二山，他所看到的，正如陆游诗所谓"绿阴翳翳连山市，丹实累累照路隅"，到处是一片丰收景象；千千万万颗的杨梅，仿佛显得分外的鲜艳。

最是烟火抚人心

吃　的

朱自清

　　提到欧洲的吃喝，谁总会想到巴黎，伦敦是算不上
的。不用说别的，就说煎山药蛋吧。法国的切成小骨牌
块儿，黄争争的，油汪汪的，香喷喷的；英国的"条儿"
（chips）却半黄半黑，不冷不热，干干儿的什么味也没
有，只可以当饱罢了。再说英国饭吃来吃去，主菜无非是
煎炸牛肉排羊排骨，配上两样素菜；记得在一个人家住
过四个月，只吃过一回煎小牛肝儿，算是新花样。可是
菜做得简单，也有好处；材料坏容易见出，像大陆上厨
子将坏东西做成好样子，在英国是不会的。大约他们自
己也觉着腻味，所以一九二六那一年有一位华衣脱女士
（E.White）组织了一个英国民间烹调社，搜求各市各乡

的食谱，想给英国菜换点儿花样，让它好吃些。一九三一
年十二月烹调社开了一回晚餐会，从十八世纪以来的食谱
中选了五样菜（汤和点心在内），据说是又好吃，又不费
事。这时候正是英国的国货年，所以报纸上颇为揄扬一
番。可是，现在欧洲的风气，吃饭要少要快，那些陈年的
老古董，怕总有些不合时宜吧。

　　吃饭要快，为的忙，欧洲人不能像咱们那样慢条斯
理儿的，大家知道。干吗要少呢？为的卫生，固然不错，
还有别的：女的男的都怕胖。女的怕胖，胖了难看；男的
也爱那股标劲儿，要像个运动家。这个自然说的是中年人
少年人；老头子挺着个大肚子的却有的是。欧洲人一日三
餐，分量颇不一样。像德国，早晨只有咖啡面包，晚间常
冷食，只有午饭重些。法国早晨是咖啡，月芽饼，午饭晚
饭似乎一般分量。英国却早晚饭并重，午饭轻些。英国讲
究早饭，和我国成都等处一样。有麦粥，火腿蛋，面包，
茶，有时还有薰咸鱼，果子。午饭顶简单的，可以只吃一
块烤面包，一杯咖啡；有些小饭店里出卖午饭盒子，是些
冷鱼冷肉之类，却没有卖晚饭盒子的。

　　伦敦头等饭店总是法国菜，二等的有意大利菜，法
国菜，瑞士菜之分；旧城馆子和茶饭店等才是本国味道。

茶饭店与煎炸店其实都是小饭店的别称。茶饭店的"饭"原指的午饭，可是卖的东西并不简单，吃晚饭满成；煎炸店除了煎炸牛肉排羊排骨之外，也卖别的。头等饭店没去过，意大利的馆子却去过两家。一家在牛津街，规模很不小，晚饭时有女杂耍和跳舞。只记得那回第一道菜是生蚝之类；一种特制的盘子，边上围着七八个圆格子，每格放半个生蚝，吃起来很雅相。另一家在由斯敦路，也是个热闹地方。这家却小小的，通心细粉做得最好；将粉切成半分来长的小圈儿，用黄油煎熟了，平铺在盘儿里，洒上干酪（计司）粉，轻松鲜美，妙不可言。还有炸"搁气蚝"，鲜嫩清香，蛏蚶，瑶柱，都不能及；只有宁波的蛎黄仿佛近之。

茶饭店便宜的有三家：拉衣恩司（Lyons），快车奶房，ABC面包房。每家都开了许多店子，遍布市内外；ABC比较少些，也贵些，拉衣恩司最多。快车奶房炸小牛肉小牛肝和红烧鸭块都还可口；他们烧鸭块用木炭火，所以顾有中国风味。ABC炸牛肝也可吃，但火急肝老，总差点儿事；点心烤得却好，有几件比得上北平法国面包房。拉衣恩司似乎没甚么出色的东西；但他家有两处"角店"，都在闹市转角处，那里却有好吃的。角店一是上下两大间，一是三层三大间，都可容一千五百人左右；晚上有乐队奏乐。一进去只见黑压压的坐满了人，过道处窄得可以，但是气象颇为阔大（有个英国学生讥为"穷人的宫殿"，也许不错）；在那里往往找了半天站了半天才等着空位子。这三家所有的店子都用女侍者，只有两处角店里却用了些男侍者——男侍者工钱贵些。男女侍者都穿了黑制服，女的更戴上白帽子，分层招待客人。也只有在角店里才要给点小费（虽然门上标明"无小费"字样），别处这三家开的铺子里都不用给的。曾去过一处角店，烤鸡做得还入味；但是一只鸡腿就合中国一元五角，若吃鸡翅还要贵点儿。茶饭店有时备着骨牌等等，供客人消遣，可是向侍者要了玩的极少；客人多的地方，老是有人等位子，干脆就用不着备了。此外还有一种生蚝店，专吃生蚝，不便宜；一位房东太太告诉我说"不卫生"，但是吃的人也不见少。吃生蚝却不宜在夏天，所以英国人说月名中没有"R"（五六七八月），生蚝就不当令了。伦敦中国饭店也有七八家，贵贱差得很大，看地方而定。菜虽也有些高低，可都是变相的广东味儿，远不如上海新雅好。在一家广东楼要过一碗鸡肉馄饨，合中国一元六角，也够贵了。

茶饭店里可以吃到一种甜烧饼（muffin）和窝儿饼（crumpet）。甜烧饼仿佛我们的火烧，但是没馅儿，软软的，略有甜味，好像参了米粉做的。窝儿饼面上有好些小窝窝儿，像蜂房，比较地薄，也像参了米粉。这两样大约都是法国来的；但甜烧饼来的早，至少二百年前就有了。厨师多住在祝来巷（Drury Lane），就是那著名的戏园子的地方；从前用盘子顶在头上卖，手里摇着铃子。那时节人家都爱吃，买了来，多多抹上黄油，在客厅或饭厅壁炉上烤得热辣辣的，让油都浸进去，一口咬下来，要不沾到两边口角上。这种偷闲的生活是很有意思的。但是后来的窝儿饼浸油更容易，更香，又不太厚，太软，有咬嚼些，样式也波俏；人们渐渐地喜欢它，就少买那甜烧饼了。一位女士看了这种光景，心下难过；便写信给《泰晤士报》，为甜烧饼抱不平。《泰晤士报》特地做了一篇小社论，劝人吃甜烧饼以存古风；但对于那位女士所说的窝儿饼的坏话，却宁愿存而不论，大约那论者也是爱吃窝儿饼的。

复活节（三月）时候，人家吃煎饼（pancake），茶饭店里也卖；这原是忏悔节（二月底）忏悔人晚饭后去教堂之前吃了好熬饿的，现在却在早晨吃了。饼薄而脆，

微甜。北平中原公司卖的"胖开克"（煎饼的音译）却未
免太"胖"，而且软了。——说到煎饼，想起一件事来：
美国麻省勃克夏地方（Berkshire Country）有"吃煎饼
竞争"的风俗，据《泰晤士报》说，一九三二的优胜者一
气吃下四十二张饼，还有腊肠热咖啡。这可算"真正大肚
皮"了。

英国人每日下午四时半左右要喝一回茶，就着烤面包
黄油。请茶会时，自然还有别的，如火腿夹面包，生豌豆
苗夹面包，茶馒头（tea scone），等等。他们很看重下
午茶，几乎必不可少。又可乘此请客，比请晚饭简便省钱
得多。英国人喜欢喝茶，过于喝咖啡，和法国人相反；他
们也煮不好咖啡。喝的茶现在多半是印度茶；茶饭店里虽
卖中国茶，但是主顾寥寥。不让利权外溢固然也有关系，
可是不利于中国茶的宣传（如说制时不干净）和茶味太淡
才是主要原因。印度茶色浓味苦，加上牛奶和糖正合式；
中国红茶不够劲儿，可是香气好。奇怪的是茶饭店里卖
的，色香味都淡得没影子。那样茶怎么会运出去，真莫名
其妙。

街上偶然会碰着提着筐子卖落花生的（巴黎也有），
推着四轮车卖炒栗子的，教人有故国之思。花生栗子都装

好一小口袋一小口袋的，栗子车上有炭炉子，一面炒，一面装，一面卖。这些小本经纪在伦敦街上也颇古色古香，点缀一气。栗子是干炒，与我们"糖炒"的差得太多了。——英国人吃饭时也有干果，如核桃，榛子，榧子，还有巴西乌菱（原名Brazils，巴西出产，中国通称"美国乌菱"），乌菱实大而肥，香脆爽口，运到中国的太干，便不大好。他们专有一种干果夹，像钳子，将干果夹进去，使劲一握夹子柄，"格"的一声，皮壳碎裂，有些蹦到远处，也好玩儿的。苏州有瓜子夹，像剪刀，却只透着玲珑小巧，用不上劲儿去。

1935年2月4日作

新年底故事

朱自清

昨天家里来了些人到厨房里煮出些肉包子，糖馒头，和三大块风糖糕来；他们倒是好人哩！娘和姊姊嫂嫂裹得好粽子；娘只许我吃一个，嫂嫂又给我一个，叫我别告诉娘；我又跟姊姊要，姊姊说我再吃不得了；——好笑，伊吃得，我吃不得！——后来郭妈妈偷给我一个，拿在手里给我看了，说替我收着，饿了好吃。

肉包子，糖馒头，风糖糕，我都吃了些，又趁娘他们不见，每样拿了几个，将袍子兜了，想藏在床里去；不想间壁一只狗跑来，尽向我身上闻，我又怕又急，只得紧紧抱着袍角儿跑；狗也跟着，我便叫起来。娘在厨房里骂我"又作死了"，又叫姊姊。一会大姊姊来了，将狗打走；

夺开我的兜儿一看，说"你拿这些，还吃死了呢！"伊每样留下一个，别的都拿去了；伊收到自己床里去呢！晚间郭妈妈又和我要去一块风糖糕；我只吃了一个肉包子和糖馒头罢了。

今晚上家里桌子、椅子都披上红的、花的衫儿，好看呢！到处点着红的蜡烛；他们磕起头来，我跟着磕了一会；爸爸、娘又给他俩磕头，我也磕了。他们问我墙上挂着，画的两个人儿是谁？我说"一个男人一个女人"。娘笑说，"这是祖爷爷和祖奶奶哩！"我想他们只有这样大的！——呀！桌子摆好了！我先爬上凳子跪得高高地，筷子紧紧捏在手里；他们也都坐拢来。李二拿了好些盘菜放在桌上，又端一碗东西放在盘子中间，热气腾腾地直冒；我赶紧拿着筷子先向了几向，才伸出去；菜还没有夹着，早见娘两只眼正看着我呢，伊鼻子眼里哼了一声，我只得趀趀地将筷子缩回来，放在嘴里呷着。姊姊望着我笑，用指头刮着脸羞我；我别转脸来，咕嘟着嘴不睬伊。后来娘他们都动筷子了，他们一筷一筷地夹了许多菜给我；我不管好歹，眼里只顾看着面前的一只碗，嘴里不住地嚼着。嚼到后来，忽然不要嚼了；眼里看着，心里爱着，只是菜不知怎么，都不好吃了。——我只得让他们剩在碗里，独自一个攀着桌子爬下来了。

娘房里，哥哥嫂嫂房里，姊姊房里都点着一对通红的大蜡烛；郭妈妈也将我们房里的点了，叫我去看。我要爬到桌上去看，郭妈妈不许，我便跳起来嚷着。伊大声叫道，"太太，你看，宝宝要玩蜡烛哩！"娘在伊房里说，"好儿子，别闹，你娘给好东西你吃！"伊果然拿着一盘茶果进来；又有一个红纸包儿，说是一块钱，给我"压岁"的，娘交给郭妈妈收着，说不许我瞎用。我只顾抓茶果吃，又在小箱子里拿出些我的泥宝宝来：这一个是小娘娘八月节买给我的，这一个是施伟仁送我的，这些是爸爸在上海买来的。我教他们都站在桌上，每人面前，放些茶果，叫他们吃。——呀！他们怎么不吃！我看见娘放好几碗菜在画的人儿面前，给他们吃；我的宝宝们为什么不吃呢？呵！只怕我没有磕头罢，赶快磕头罢！

郭妈妈说话了；伊抱着我说，"明天过年了，多有趣呢！"粽子，包子，都听我吃。衣服，鞋子，帽子都穿新的——要"斯文"些。舅舅家的阿龙，阿虎，娘娘家的毛头，三宝都来和我玩耍。伊说有许多地方耍把戏的，只要我们不闹，便带我们去。我忙答应说，"好妈妈，宝宝是不闹的，你带了他去罢！"伊点点头，我便放心了。伊又说要买些花炮给我家来放，伊说去年我也放过；好有趣哩！伊一头说，一头拍着我，我两个眼皮儿渐渐地合拢了。

我果然同着阿龙、阿虎他们在附近一个大操场上；我抱在郭妈妈怀里，看着耍猴把戏的。那猴儿一上一下爬着杆儿，我只笑着用手不住地指着叫"咦！咦！"忽然旁边有一个人说，"他看你呢！"我仔细一看，猴儿果然在看我，便吓得要哭；那人忽然笑了一个可怕的笑，说，"看着我罢！"我又安了心。忽然一声锣响，我回头一看，我已在一个不识的人的怀里了！我哭着，叫着，挣着；耳边忽然郭妈妈说，"宝宝怎么了，妈妈在这里。不怕的！"我才晓得还在郭妈妈怀里；只不知怎么便回来了？

太阳在地板上了，郭妈妈起来。我也揉着眼睛；开眼一看，桌上我的宝宝们都睡着了——他们也要睡觉呢。青梅呢？我的小青梅呢？宝宝顶顶喜欢的青梅呢？怎么没了？我哭了。郭妈妈忙跑来问什么事，我哭着全告诉了伊。伊在桌上找了一阵；在地板上太阳里找着一片核子，说被"绿尾巴"吃了。我忙说，"唔！宝宝怕！"将头躲在伊怀里；伊说，"不怕，日里他不来的，你只要不哭好了！"我要起来，伊叫我等着，拿衣服给我穿；伊拿了一件花棉袄，棉裤，一件红而亮的袍子，一件有毛的背心，是黑的，还有双花鞋，一个有许多金宝宝的风帽；伊帮我穿了衣和鞋，手里拿着风帽，说洗了脸才许戴呢。我真喜欢那个帽，赶忙地央着郭妈妈拿水来给我洗了脸，拍了粉，又用筷子给点胭脂在我眉毛里，和鼻子上，又给我戴了风帽；说今天会有人要我做小女婿呢。我欢天喜地跑到厨房里，赶着人叫"恭喜"——这是郭妈妈教我的。一会郭妈妈端了一碗白圆子和一个粽子给我吃了；叫我跟着伊到菩萨前，点起香烛磕头，又给爸爸娘他们磕头。郭妈妈说有事去，叫我好好玩，不要弄污了衣服，毛头、三宝就要来了。

好多时，毛头、三宝和小娘娘都来了。我和他们忙着办菜给我的泥宝宝吃；正拿着些点心果子，切呀剥的，郭妈妈走来，说带我们上街去。我们立刻丢下那些跟着他走。街上门都关着；我们常买落花生的小店也关了。一处处有"斯奉斯奉昌……镗镗镗镗鞳"底声音。我问郭妈妈，伊说是打锣鼓呢。又看见一家门口一个人一只手拿着一挂红红白白的东西，一搭一搭的，那只手拿着一根"煤头"要烧；郭妈妈忙说，"放爆竹了。"叫我们站住，用手闭了耳朵，伊说"不要怕，有我呢"。我见那爆竹一个个地跳了开去，仿佛有些响，右手这一松，只听见"劈！拍！"我一只耳朵几乎震聋了，赶紧地将他闭好，将身子紧紧挨着郭妈妈，一动也不敢动。爆竹只怕不放了，郭妈妈叫我们放下手，我只是指着不肯放；郭妈妈气着说，"你看这孩子！……"伊将我的手硬拖下来了。走了不远，有一个摊儿；我们近前一看，花花绿绿的，好东西多着呢！我央着郭妈妈买。伊给我买了一副黑眼镜，一个鬼脸，一个胡须，一把木刀，又给毛头买了一个胡须，给三宝买了一个胡须。我戴了眼镜，叫郭妈妈给我安了胡须；又趁三宝看着我，将伊手里的胡须夺了就跑，三宝哭了，毛头走来追我。我一个不留意，将右脚踏在水潭里，心里着急，想娘又要骂了。毛头已将胡须拿给三宝；他们和郭妈妈走来。伊说我一顿，我只有哭了；伊又抱起我说，"好宝宝，别哭，郭妈妈回来给你换一双，包不叫娘晓得；以下次再不许这样了。"我答应我们就回来了。

今晚是初五。郭妈妈和我说，明天新衣服要脱下来，椅子桌子红的，花的衫儿也不许穿了，粽子，肉包子，糖馒头，风糖糕，只有明天一早好吃了；阿龙，阿虎他们都不来了；叫我安稳些，好等后天上学堂念书罢！他们真动手将桌子，椅子底衫儿脱下，墙上画的人儿也卷起了。我一毫不想玩耍，只睡在床上哭着。郭妈妈拿了一支快点完的红蜡烛，到床边问道，"你又怎么了？谁给气宝宝受；妈妈是不依的！"我说"现在年不过了！"伊说，"痴孩子，为这个么！我是骗骗你的；明天我们正要到舅舅家过年去呢！起来罢，别哭了。"我听了伊的话，笑着坐起来，问道，"妈妈，是真的么？别哄你宝宝哩。"

背　影

朱自清

　　我与父亲不相见已二年余了，我最不能忘记的是他的背影。那年冬天，祖母死了，父亲的差使也交卸了，正是祸不单行的日子，我从北京到徐州，打算跟着父亲奔丧回家。到徐州见着父亲，看见满院狼藉的东西，又想起祖母，不禁簌簌地流下眼泪。父亲说，"事已如此，不必难过，好在天无绝人之路！"

　　回家变卖典质，父亲还了亏空；又借钱办了丧事。这些日子，家中光景很是惨淡，一半为了丧事，一半为了父亲赋闲。丧事完毕，父亲要到南京谋事，我也要回北京念书，我们便同行。

　　到南京时，有朋友约去游逛，勾留了一日；第二日上午便须渡江到浦口，下午上车北去。父亲因为事忙，本已说定不送我，叫旅馆里一个熟识的茶房陪我同去。他再三嘱咐茶房，甚是仔细。但他终于不放心，怕茶房不妥帖；颇踌躇了一会。其实我那年已二十岁，北京已来往过两三次，是没有甚么要紧的了。他踌躇了一会，终于决定还是自己送我去。我两三回劝他不必去；他只说，"不要紧，他们去不好！"

我们过了江，进了车站。我买票，他忙着照看行李。行李太多了，得向脚夫行些小费，才可过去。他便又忙着和他们讲价钱。我那时真是聪明过分，总觉他说话不大漂亮，非自己插嘴不可。但他终于讲定了价钱；就送我上车。他给我拣定了靠车门的一张椅子；我将他给我做的紫毛大衣铺好坐位。他嘱我路上小心，夜里警醒些，不要受凉。又嘱托茶房好好照应我。我心里暗笑他的迂，他们只认得钱，托他们真是白托！而且我这样大年纪的人，难道还不能料理自己么？唉，我现在想想，那时真是太聪明了！

我说道，"爸爸，你走吧。"他望车外看了看，说，"我买几个橘子去。你就在此地，不要走动。"我看那边月台的栅栏外有几个卖东西的等着顾客。走到那边月台，须穿过铁道，须跳下去又爬上去。父亲是一个胖子，走过去自然要费事些。我本来要去的，他不肯，只好让他去。我看见他戴着黑布小帽，穿着黑布大马褂，深青布棉袍，蹒跚地走到铁道边，慢慢探身下去，尚不大难。可是他穿过铁道，要爬上那边月台，就不容易了。他用两手攀着上面，两脚再向上缩；他肥胖的身子向左微倾，显出努力的样子。这时我看见他的背影，我的泪很快地流下来了。我赶紧拭干了泪，怕他看见，也怕别人看见。我再向外看时，他已抱了朱红的橘子望回走了。过铁道时，他先将橘子散放在地上，自己慢慢爬下，再抱起橘子走。到这边时，我赶紧去搀他。他和我走到车上，将橘子一股脑儿放在我的皮大衣上。于是扑扑衣上的泥土，心里很轻松似的，过一会说，"我走了；到那边来信！"我望着他走出去。他走了几步，回过头看见我，说，"进去吧，里边没人。"等他的背影混入来来往往的人里，再找不着了，我便进来坐下，我的眼泪又来了。

近几年来，父亲和我都是东奔西走，家中光景是一日不如一日。他少年出外谋生，独力支持，做了许多大事。那知老境却如此颓唐！他触目伤怀，自然情不能自已。情郁于中，自然要发之于外；家庭琐屑便往往触他之怒。

他待我渐渐不同往日。但最近两年的不见，他终于忘却我的不好，只是惦记着我，惦记着我的儿子。我北来后，他写了一信给我，信中说道，"我身体平安，惟膀子疼痛利害，举箸提笔，诸多不便，大约大去之期不远矣。"我读到此处，在晶莹的泪光中，又看见那肥胖的，青布棉袍，黑布马褂的背影。唉！我不知何时再能与他相见！

1925年10月在北京

菠萝园

杨　朔

　　莽莽苍苍的西非洲大陆又摆在我的眼前。我觉得这不是大陆，简直是个望不见头脚的巨人，黑凛凛的，横躺在大西洋边上。瞧那肥壮的黑土，不就是巨人浑身疙疙瘩瘩的怪肉？那绿森森的密林丛莽就是浑身的毛发，而那纵横的急流大河正是一些隆起的血管，里面流着掀腾翻滚的热血。谁知道在那漆黑发亮的皮肤下，潜藏着多么旺盛的生命。我已经三到西非，这是第二次到几内亚了。我却不能完全认出几内亚的面目来。非洲巨人正在成长，每时每刻都在往高里拔，往壮里长，改变着自己的形景神态。几内亚自然也在展翅飞腾，长得越发雄健了。可惜我没有那种手笔，能把几内亚整个崭新的面貌勾画出来。勾几笔淡墨侧影也许还可以。现在试试看。

离科纳克里五十公里左右有座城镇叫高雅，围着城镇多是高大的芒果树，叶子密得不透缝，热风一吹，好像一片翻腾起伏的绿云。芒果正熟，一颗一颗，金黄鲜美，熟透了自落下来，不小心能打伤人。我们到高雅却不是来看芒果，是来看菠萝园的。从高雅横插出去，眼前展开一片荒野无边的棕榈林，间杂着各种叫不出名儿的野树，看样子，还很少有人类的手触动过的痕迹。偶然间也会在棕榈树下露出一个黑蘑菇似的圆顶小草屋，当地苏苏语叫做"塞海邦赫"，是很适合热带气候的房屋，住在里边，多毒的太阳，多大的暴雨，也不怎么觉得。渐渐进入山地，棕榈林忽然间一刀斩断，我们的车子突出森林的重围，来到一片豁朗开阔的盆地，一眼望不到头。这景象，着实使我一愣。

一辆吉普车刚巧对面开来，一下子煞住，有人扬了扬手高声说："欢迎啊，中国朋友。"接着跳下车来。

这是个不满三十岁的人，戴着顶浅褐色丝绒小帽，昂着头，模样儿很精干，也很自信。他叫董卡拉，是菠萝园的主任，特意来迎我们的。

董卡拉伸手朝前面指着说："请看看吧，这就是我们的菠萝园，是我们自己用双手开辟出来的。如果两年前你到这里来啊……"

这里原是险恶荒野的丛莽，不见人烟，盘踞着猴子一类的野兽。一九六〇年七月起，来了一批人，又来了一批人……使用着斧子、镰刀等类简单的工具，动手开辟森林。他们砍倒棕榈，斩断荆棘，烧毁野林，翻掘着黑红色的肥土。荆棘刺破他们的手脚，滴着血水；烈日烧焦他们的皮肉，流着汗水。血汗渗进土里，终于培养出今天来。

今天啊，请看看吧，一抹平川，足有几百公顷新开垦出来的土地，栽满千丛万丛肥壮的菠萝。菠萝丛里，处处闪动着大红大紫的人影，在做什么呢？

都是工人，多半是男的，也有女的，一律喜欢穿颜色浓艳的衣裳。他们背着中国造的喷雾器，前身系着条粗麻布围裙，穿插在叶子尖得像剑的菠萝棵子里，挨着棵往菠萝心里注进一种灰药水。

董卡拉解释说："这是催花。一灌药，花儿开得快，结果也结得早。"

惭愧得很，我还从来没见过菠萝花呢。很想看看。董卡拉合拢两手比了比，比得有绣球花那么大，说花色是黄的，一会儿指给我看。可是转来转去，始终不见一朵花。

我想：刚催花，也许还不到花期。

其实菠萝并没有十分固定的花期。这边催花，另一处却在收成。我们来到一片棕榈树下，树荫里堆着小山似的鲜菠萝，金煌煌的，好一股喷鼻子的香味。近处田野里飘着彩色的衣衫，闪着月牙般的镰刀，不少人正在收割果实。

一个穿着火红衬衫的青年削好一个菠萝，硬塞到我手里，笑着说："好吧，好朋友，你尝尝有多甜。要知道，这是我们头一次的收成啊。"

那菠萝又大又鲜，咬一口，真甜，浓汁顺着我的嘴角往下淌。我笑，围着我的工人笑得更甜。请想想，前年开辟，去年栽种，经历过多少艰难劳苦，今年终于结了果，还是头一批果实。他们怎能不乐？我吃着菠萝，分享到他们心里的甜味，自然也乐。

不知怎的，我却觉得这许多青年不是在收成，是在催花，像那些背着喷雾器的人一样在催花。不仅这样。我走到一座小型水库前，许多人正在修坝蓄水，准备干旱时浇灌菠萝。我觉得，他们也是在催花。我又走到正在修建当中的工人城，看着工人砌砖，我又想起那些催花的人。我走得更远，望见另一些人在继续开垦荒地，扩大菠萝田。地里烧着砍倒的棕榈断木，冒着带点辣味的青烟。这烟，好像也在催花。难道不是这样么？这许许多多人，以及几内亚整个人民，他们艰苦奋斗，辛勤劳动，岂不都是催花使者，正在催动自己的祖国开出更艳的花，结出更鲜的果。

菠萝园四围是山。有一座山峰十分峭拔，跟刀削的一样，叫"钢钢山"。据说很古很古以前，几内亚人民的祖先刚从内地来到大西洋沿岸时，一个叫"钢钢狄"的勇士首先爬上这山的顶峰，因此山便得了名。勇敢的祖先便有勇敢的子孙。今天在几内亚，谁能数得清究竟有多少"钢钢狄"，胸怀壮志，正从四面八方攀登顶峰呢。

一九六二年

饿

萧 红

　　"列巴圈"挂在过道别人的门上，过道好像还没有天明，可是电灯已经熄了。夜间遗留下来睡朦的气息充塞在过道，茶房气喘着，抹着地板。我不愿醒得太早，可是已经醒了，同时再不能睡去。

　　厕所房的电灯仍开着，和夜间一般昏黄，好像黎明还没有到来，可是"列巴圈"已经挂上别人家的门了！有的牛奶瓶也规规矩矩地等在别的房间外。只要一醒来，就可以随便吃喝。但，这都只限于别人，是别人的事，与自己无关。

　　扭开了灯，郎华睡在床上，他睡得很恬静，连呼吸也不震动空气一下。听一听过道连一个人也没走动。全旅馆的三层楼都在睡中，越这样静越引诱我，我的那种想头越坚决。过道尚没有一点声息，过道越静越引诱我，我的那种想头越想越充胀我：去拿吧！正是时候，即使是偷，那就偷吧！

轻轻扭动钥匙，门一点响动也没有。探头看了看，"列巴圈"对门就挂着，东隔壁也挂着，西隔壁也挂着。天快亮了！牛奶瓶的乳白色看得真真切切，"列巴圈"比每天也大了些，结果什么也没有去拿，我心里发烧，耳朵也热了一阵，立刻想到这是"偷"。儿时的记忆再现出来，偷梨吃的孩子最羞耻。过了好久，我就贴在已关好的门扇上，大概我像一个没有灵魂的、纸剪成的人贴在门扇。大概这样吧：街车唤醒了我，马蹄嗒嗒、车轮吱吱地响过去。我抱紧胸膛，把头也挂在胸口，向我自己心说：

"我饿呀！不是'偷'呀！"

第二次又打开门，这次我决心了！偷就偷，虽然是几个"列巴圈"，我也偷，为着我"饿"，为着他"饿"。

第二次失败，那么不去做第三次了。下了最后的决心，爬上床，关了灯，推一推郎华，他没有醒。我怕他醒。在"偷"这一刻，郎华也是我的敌人；假若我有母亲，母亲也是敌人。

天亮了！人们醒了。做家庭教师，无钱吃饭也要去上课，并且要练武术。他喝了一杯茶走的，过道那些"列巴圈"早已不见，都让别人吃了。

从昨夜到中午，四肢软弱一点，肚子好像被踢打放了气的皮球。

窗子在墙壁中央，天窗似的，我从窗口升了出去，赤裸裸，完全和日光接近；市街临在我的脚下，直线的，错综着许多角度的楼房，大柱子一般工厂的烟囱，街道横顺交织着，秃光的街树。白云在天空作出各样的曲线，高空的风吹乱我的头发，飘荡我的衣襟。市街像一张繁繁杂杂颜色不清晰的地图，挂在我们眼前。楼顶和树梢都挂住一层稀薄的白霜，整个城市在阳光下闪闪烁烁撒了一层银片。我的衣襟被风拍着作响，我冷了，我孤孤独独的好像站在无人的山顶。每家楼顶的白霜，一刻不是银片了，而是些雪花、冰花，或是什么更严寒的东西在吸我，像全身浴在冰水里一般。

我披了棉被再出现到窗口，那不是全身，仅仅是头和胸突在窗口。一个女人站在一家药店门口讨钱，手下牵着孩子，衣襟裹着更小的孩子。药店没有人出来理她，过路人也不理她，都像说她有孩子不对，穷就不该有孩子，有也应该饿死。

我只能看到街路的半面，那女人大概向我的窗下走来，因为我听见那孩子的哭声很近。

"老爷，太太，可怜可怜……"可是看不见她在追逐谁，虽然是三层楼，也听得这般清楚，她一定是跑得颠颠断断地呼喘："老爷老爷……可怜吧！"

那女人一定正像我，一定早饭还没有吃，也许昨晚的也没有吃。她在楼下急迫地来回的呼声传染了我，肚子立刻响起来，肠子不住地呼叫……

郎华仍不回来，我拿什么来喂肚子呢？桌子可以吃吗？草褥子可以吃吗？

晒着阳光的行人道，来往的行人，小贩乞丐……这一些看得我疲倦了！打着呵欠，从窗口爬下来。

窗子一关起来，立刻生满了霜，过一刻，玻璃片就流着眼泪了！起初是一条条的，后来就大哭了！满脸是泪，好像在行人道上讨饭的母亲的脸。

我坐在小屋，像饿在笼中的鸡一般，只想合起眼睛来静着，默着，但又不是睡。

"咯，咯！"这是谁在打门！我快去开门，是三年前旧学校里的图画先生。

他和从前一样很喜欢说笑话，没有改变，只是胖了一点，眼睛又小了一点。他随便说，说得很多。他的女儿，那个穿红花旗袍的小姑娘，又加了一件黑绒上衣，她在藤椅上，怪美丽的。但她有点不耐烦的样子："爸爸，我们走吧。"小姑娘哪里懂得人生！小姑娘只知道美，哪里懂得人生？

曹先生问："你一个人住在这里吗？"

"是——"我当时不晓得为什么答应"是"，明明是和郎华同住，怎么要说自己住呢？

好像这几年并没有别开，我仍在那个学校读书一样。他说：

"还是一个人好，可以把整个的心身献给艺术。你现在不喜欢画，你喜欢文学，就把全身心献给文学。只有忠心于艺术的心才不空虚，只有艺术才是美，才是真美。爱情这话很难说，若是为了性欲才爱，那么就不如临时解决，随便可以找到一个，只要是异性。爱是爱，爱很不容易，那么就不如爱艺术，比较不空虚……"

"爸爸，走吧！"小姑娘哪里懂得人生，只知道"美"，她看一看这屋子一点意思也没有，床上只铺一张草褥子。

"是，走——"曹先生又说，眼睛指着女儿："你看我，十三岁就结了婚，这不是吗？曹云都十五岁啦！"

"爸爸，我们走吧！"

他和几年前一样，总爱说"十三岁"就结了婚，差不多全校同学都知道曹先生是十三岁结婚的。

‘爸爸，我们走吧！'

他把一张票子丢在桌上就走了！那是我写信去要的。

郎华还没有回来，我应该立刻想到饿，但我完全被青春迷惑了，读书的时候，哪里懂得"饿"？只晓得青春最重要，虽然现在我也并没老，但总觉得青春是过去了！过去了！

我冥想了一个长时期，心浪和海水一般翻了一阵。

追逐实际吧！青春惟有自私的人才系念她，"只有饥寒，没有青春。"

几天没有去过的小饭馆，又坐在那里边吃喝了。"很累了吧！腿可疼？道外道里要有十五里路。"我问他。

只要有得吃，他也很满足，我也很满足。其余什么都忘了！

那个饭馆，我已经习惯，还不等他坐下，我就抢个地方先坐下，我也把菜的名字记得很熟，什么辣椒白菜啦，雪里蕻豆腐啦……什么酱鱼啦！怎么叫酱鱼呢？哪里有鱼！用鱼骨头炒一点酱，借一点腥味就是啦！我很有把握，我简直都不用算一算就知道这些菜也超不过一角钱。因此我用很大的声音招呼，我不怕，我一点也不怕花钱。

回来没有睡觉之前，我们一面喝着开水，一面说：

"这回又饿不着了，又够吃些日子。"

闭了灯，又满足又安适地睡了一夜。

黑"列巴"和白盐

萧　红

　　玻璃窗子又慢慢结起霜来，不管人和狗经过窗前，都辨认不清楚。

　　"我们不是新婚吗？"他这话说得很响，他唇下的开水杯起一个小圆波浪。他放下杯子，在黑面包上涂一点白盐送下喉去。大概是面包已不在喉中，他又说：

　　"这不正是度蜜月吗！"

　　"对的，对的。"我笑了。

　　他连忙又取一片黑面包，涂上一点白盐，学着电影上那样度蜜月，把涂盐的"列巴"先送上嘴，我咬了一下，而后他才去吃。一定盐太多了，舌尖感到不愉快，他连忙去喝水：

"不行不行，再这样度蜜月，把人咸死了。"

盐毕竟不是奶油，带给人的感觉一点也不甜，一点也不香。我坐在旁边笑。

光线完全不能透进屋来，四面是墙，窗子已经无用，像封闭了的洞门似的，与外界绝对隔离开。天天就生活在这里边。素食，有时候不食，好像传说上要成仙的人在这地方苦修苦炼。很有成绩，修炼得倒是不错了，脸也黄了，骨头也瘦了。我的眼睛越来越扩大，他的颊骨和木块一样突在腮边。这些工夫都做到，只是还没成仙。

"借钱"，"借钱"，郎华每日出去"借钱"。他借回来的钱总是很少，三角，五角，借到一元，那是很稀有的事。

黑"列巴"和白盐，许多日子成了我们惟一的生命线。

故乡的野菜

周作人

　　我的故乡不止一个，凡我住过的地方都是故乡。故乡对于我并没有什么特别的情分，只因钓于斯游于斯的关系，朝夕会面，遂成相识，正如乡村里的邻舍一样，虽然不是亲属，别后有时也要想念到他。我在浙东住过十几年，南京东京都住过六年，这都是我的故乡；现在住在北京，于是北京就成了我的家乡了。

　　日前我的妻往西单市场买菜回来，说起有荠菜在那里卖着，我便想起浙东的事来。荠菜是浙东人春天常吃的野菜，乡间不必说，就是城里只要有后园的人家都可以随时采食，妇女小儿各拿一把剪刀一只"苗篮"，蹲在地上搜寻，是一种有趣味的游戏的工作。那时小孩们唱道：

"荠菜马兰头，姊妹嫁在后门头。"后来马兰头有乡人拿来进城售卖了，但荠菜还是一种野菜，须得自家去采。关于荠菜向来颇有风雅的传说，不过这似乎以吴地为主。《西湖游览志》云，"三月三日男女皆戴荠菜花。谚云，三春戴荠花，桃李羞繁华。"顾禄的《清嘉录》上亦说，"荠菜花俗呼野菜花，因谚有三月三蚂蚁上灶山之语，三日人家皆以野菜花置灶陉上，以厌虫蚁。侵晨村童叫卖不绝。或妇女簪髻上以祈清目，俗号眼亮花。"但浙东却不很理会这些事情，只是挑来做菜或炒年糕吃罢了。

黄花麦果通称鼠麹草，系菊科植物，叶小微圆互生，表面有白毛，花黄色，簇生梢头。春天的采嫩叶，捣烂去汁，和粉作糕，称黄花麦果糕。小孩们有歌赞美之云，

"黄花麦果韧结结，

关得大门自要吃：

半块拿弗出，一块自要吃。"

清明前后扫墓时，有些人家——大约是保存古风的人家——用黄花麦果作供，但不作饼状，做成小颗如指顶

大，或细条如小指，以五六个作一攒，名曰茧果，不知是什么意思，或因蚕上山时设祭，也用这种食品，故有是称，亦未可知。自从十二三岁时外出不参与外祖家扫墓以后，不复见过茧果，近来住在北京，也不再见黄花麦果的影子了。日本称作"御形"，与荠菜同为春的七草之一，也采来做点心用，状如艾饺，名曰"草饼"，春分前后多食之。在北京也有，但是吃去总是日本风味，不复是儿时的黄花麦果糕了。

扫墓时候所常吃的还有一种野菜，俗名草紫，通称紫云英。农人在收获后，播种田内，用作肥料，是一种很被贱视的植物，但采取嫩茎瀹食，味颇鲜美，似豌豆苗。花紫红色，数十亩接连不断，一片锦绣，如铺着华美的地毯，非常好看，而且花朵状若胡蝶，又如鸡雏，尤为小孩所喜。间有白色的花，相传可以治痢，很是珍重，但不易得。日本《俳句大辞典》云，"此草与蒲公英同是习见的东西，从幼年时代便已熟识。在女人里边，不曾采过紫云英的人，恐未必有罢。"中国古来没有花环，但紫云英的花球却是小孩常玩的东西，这一层我还替那些小人们庆幸的。浙东扫墓用鼓吹，所以少年常随了乐音去看"上坟船里的姣姣"；没有钱的人家虽没有鼓吹，但是船头上篷窗下总露出些紫云英和杜鹃的花束，这也就是上坟船的确实的证据了。

十三年二月

枣（旅客的话一）

废　名

　　我当然不能谈年纪，但过着这么一个放荡的生活。东西南北，颇有点儿行脚僧的风流，而时怀一个求安息之念，因此，很不觉得自己还应算是一个少年了。我的哀愁大概是少年的罢，也还真是一个少年的欢喜，落日西山，总无改于野花芳草的我的道上，我总是一个生意哩。

　　近数年来，北京这地方我彷徨得较久，来去无常，平常多半住客栈。今年，夏末到中秋，逍遥于所谓会馆的寒窗之下了。到此刻，这三个月的时光，还好像舍不得似的。我不知怎的，实在的不要听故乡人说话，我的故乡人似乎又都是一些笨脚色，舌头改变不过来，胡同口里，有时无意间碰到他们，我却不是相识，那个声音是那样的容易入耳……唉，人何必丢丑呢？实在要说是"乞怜"才好。没有法，道旁的我是那么感觉着。至于会馆，向来是不辨方向的了。今年那时为什么下这一着棋，我也不大说得清。总之两个院子只住着我一人。因为北京忽然不吉利，人们随着火车走了。我从那里得了这消息，也不大说得清。

我住的是后院，窗外两株枣树，一株颇大。一架葡萄，不在我的门口，荫着谁之门，琐上了，里面还存放有东西。平常也自负能谈诗的，只有这时，才甚以古人青琐对芳菲之句为妙了，多半是黄昏时，孑然一身，葡萄架下贪凉。

我的先生走来看我，他老人家算是上岁数的人了，从琉璃厂来，拿了刻的印章给我看。我表示我的意见，说，"我喜欢这个。"这是刻着苦雨翁玺四个字的。先生含笑。先生卜居于一个低洼所在，经不得北京的大雨，一下就非脱脚不可，水都装到屋子里去了，——倘若深更半夜倾盆而注怎么办呢，梨枣倒真有了无妄之灾，还要首先起来捞那些捞什子，所以苦雨哩。但后来听说院子里已经挖了一个大坑，水由地中行。

先生常说聊斋这两句话不错：

姑妄言之姑听之

豆棚瓜架雨如丝

所以我写给先生的信里有云：

"豆棚瓜架雨如丝，一心贪看雨，一旦又记
起了是一个过路人，走到这儿躲雨，到底天气不
好也。钓鱼的他自不一样，雨里头有生意做，自
然是斜风细雨不须归。我以为惟有这个躲雨的人
最没有放过雨的美。……"

这算是我的"苦雨翁"吟，虽然有点咬文嚼字之嫌，
但当面告诉先生说，"我的意境实好。"先生回答道：
"你完全是江南生长的，总是江南景物作用。"
我简直受了一大打击，默而无语了。
不知怎么一谈谈起朱舜水先生，这又给了我一个诗
思，先生道：
"日本的书上说朱舜水，他平常是能操和语的，方病
榻弥留，讲的话友人不懂，几句土话。"

我说：

"先生，是什么书上的？"

看我的神气不能漠然听之了，先生也不由得正襟而危坐，屋子里很寂静了。他老人家是唯物论者。我呢？——虽是顺便的话，还是不要多说的好。这个节制，于做文章的人颇紧要，否则文章很损失。

有一个女人，大概住在邻近，时常带了孩子来打枣吃。看她的样子很不招人喜欢，所以我关门一室让她打了。然而窗外我的树一天一天的失了精神了，我乃吩咐长班："请她以后不要来罢。"

果然不见她来了。

一到八月，枣渐渐的熟了。树顶的顶上，人不能及。夜半大风，一阵阵落地声响，我枕在枕头上喜欢极了。我想那"雨中山果落"恐怕不及我这个。清早开门，满地枣红，简直是意外的欢喜，昨夜的落地不算事了。

一天，我知道，前院新搬进了一个人，当然是我的同乡了。小便时，我望见他，心想，"这就是他了。"这人，五十岁上下，简直不招我的反感。——唉，说话每每不自觉的说出来了，怎么说反感呢？我这人是那样的，甚是苦了自己，见人易生反感。我很想同他谈谈。第二天早晨，我正在那里写字，他推开我的房门进来了。见面拱手，但真不讨厌，合式，笑得是一个苦笑，或者只是我那么的觉着。倒一杯茶，请他坐下了。

他很要知道似的，问我：

"贵姓？"

"姓岳。"

"府上在那里？"

"岳家湾。"

"那么北乡。"

这样说时，轮了一下他的眼睛，头也一偏，不消说，那个岳家湾在这个迟钝的思索里指定了一遍了。

"你住在那里呢？"

"我是西乡，——感湖你晓得吗？你们北乡的鱼贩子总在我那里买鱼。"

失礼罢，或者说，这人还年青罢，我竟没有问他贵姓，而问，"你住在那里呢？"做人大概是要经过长久训练的，自以为很好了，其实距那个自由地步还很远，动不动露出马脚来了。后来他告诉我，他的夫人去年此地死了，尚停枢在城外庙里，想设法搬运回去，新近往济南去了一趟，又回北京来。

　　唉，再没有比这动我的乡愁了，一日的傍午我照例在那里写字玩，院子很是寂静，但总仿佛不是这么个寂静似的，抬起头来，朝着冷布往窗外望，见了我的同乡昂着他的秃头望那树顶上疏疏几吊枣子想吃了。

1929年12月29日

枣

周瘦鹃

　　已是二十余年的老朋友了，一朝死别，从此不能再见，又哪得不痛惜，哪得不悼念呢！这老朋友是谁？原来是我家后园西北角上的一株老枣树，它的树龄，大约像我一样，已到了花甲之年，而身子还是很好，年年开花结实，老而弥健；谁知一九五六年八月二日的夜晚，竟牺牲于台风袭击之下，第二天早上，就发见它倒在西面的围墙上，早已回生无术了。

　　我自二十余年前住到这园子里来时，它早就先我而至；只因它站在后园的一角，地位并不显著，凡是到我家里来的贵宾们和朋友们从不注意到它；可是我每天在后门出入，总看到它直挺挺地站在那里，尤其是我傍晚回来的时候，刚走进巷口，先就瞧见了它，柔条细叶，在晚风中微微飘拂，似乎向我招呼道："好！您回来了。"这几天我每晚回来，可就不见了它，眼底顿觉空虚，心底也顿觉空虚，真的是怅然若有所失！

老朋友是从此永别了；幸而我在前三年早就把它的儿子移植到前园紫藤架的东面，日长夜大，现在早已成立，英挺劲直，绰有父风，年年也一样地开花结实，勤于生产；去年还生了个儿子，随侍在侧，将来也定有成就。我那老朋友有了这第二代、第三代，也可死而无憾了。

枣别名木蜜，是落叶亚乔木，干直皮粗，刺多叶小，入春发芽很迟，五月间开小淡黄花，作清香，花落随即结实，满缀枝头，实作椭圆形，初青后白，尚未成熟，一熟就泛成红色，自行落下，鲜甜可口，是孩子们的恩物。枣的种类很多，据旧籍所载，不下八十种，有羊枣、壶枣、丹枣、棠枣、无核枣、鹤珠枣、密云枣诸称，甚至有出在外国的千年枣、万岁枣，和带有神话意味的仙人枣、西王母枣等，怪怪奇奇，不胜枚举。一九五一年夏，我因嫁女上北京去，在泰安车站上吃到一种芽枣，实小而味甜，可惜其貌不扬。我所最最爱吃的，还是北京加工制过的金丝大蜜枣，上口津津有味，腴美极了。

古代关于枣的神话很多，说什么吃了大枣异枣，竟羽化登仙而去，只能作为谈助，不可凭信；而枣的文献，魏、晋时代早就有了，唐代大诗人白乐天也有长诗加以赞美，结尾有云："寄言游春客，乞君一回视。君爱绕指柔，从君怜柳杞。君求悦目艳，不敢争桃李。君若作大车，轮轴材须此。"这就说出了枣树的朴素，不足以供欣赏，而它的木质很坚实，倒是材堪大用的。他如，宋代赵抃有"枣熟房栊暝，花妍院落明"，黄庭坚有"日颗曝干红玉软，风枝牵动绿罗鲜"之句；而最有风致的，要推明代揭轨的一首《枣亭春晚》："昨日花始开，今日花已满。倚树听嘤嘤，折花歌纂纂。美人浩无期，青春忽已晚。写尽锦笺长，烧残红烛短。日夕望江南，彩云天际远。"他的看法，又与白乐天不同，不过他是别有寄托，而借枣花来抒情的。

鲁迅先生在《秋夜》中曾对枣树加以描写："枣树，他们简直落尽了叶子。先前，还有一两个孩子来打他们别人打剩的枣子，现在是一个也不剩了，连叶子也落尽了。他知道小粉红花的梦，秋后要有春；他也知道落叶的梦，春后还是秋，他简直落尽叶子，单剩干子，（中略）而最直最长的几枝，却已默默地铁似的直刺着奇怪而高的天空，使天空闪闪地鬼眨眼；直刺着天空中圆满的月亮，使月亮窘得发白。"这一节是描写得很美的。我后园里的老枣树，也有这样的景象；可是从此以后，它不会再默默地铁似的直刺着奇怪而高的天空。

说也奇怪！我满以为这株老枣树已被台风杀死了，谁知到了今春，忽又复活，尽管大部分的根已经拔起，而小部分还在地下；尽管倒在墙上，分明已没了生机，而不知怎的，经过了杏花春雨，那梢上的枝条，竟发起叶来，依然是青翠可爱。这就足见我这位老朋友是如何的有力量，台风任是怎样凶狠，也杀不了它，它竟复活了，将顽强地活下去，无限期地活下去。

辑
五

吃
中
有
真
意

饮食男女在福州

郁达夫

　　福州的食品，向来就很为外省人所赏识：前十余年在北平，说起私家的厨子，我们总同声一致的赞成刘崧生先生和林宗孟先生家里的蔬菜的可口。当时宣武门外的忠信堂正在流行，而这忠信堂的主人，就系旧日刘家的厨子，曾经做过清室的御厨房的。上海的小有天以及现在早已歇业了的消闲别墅，在粤菜还没有征服上海之先，也曾盛行过一时。面食里的伊府面，听说还是汀州伊墨卿太守的创作；太守住扬州日久，与袁子才也时相往来，可惜他没有像随园老人那么的好事，留下一本食谱来，教给我们以烹调之法；否则，这一个福建萨伐郎（Savarin）的荣誉，也早就可以驰名海外了。

福建菜的所以会这样著名，而实际上却也实在是丰盛不过的原因，第一，当然是由于天然物产的富足。福建全省，东南并海，西北多山，所以山珍海味，一例的都贱如泥沙。听说沿海的居民，不必忧虑饥饿，大海潮回，只消上海滨去走走，就可以拾一篮海货来充作食品。又加以地气温暖，土质腴厚，森林蔬菜，随处都可以培植，随时都可以采撷。一年四季，笋类菜类，常是不断；野菜的味道，吃起来又比别处的来得鲜甜。福建既有了这样丰富的天产，再加上以在外省各地游宦营商者的数目的众多，作料采从本地，烹制学自外方，五味调和，百珍并列，于是乎闽菜之名，就宣传在饕餮家的口上了。清初周亮工著的《闽小纪》两卷，记述食品处独多，按理原也是应该的。

福州海味，在春三二月间，最流行而最肥美的，要算来自长乐的蚌肉，与海滨一带多有的蛎房。《闽小纪》里所说的西施舌，不知是否指蚌肉而言；色白而腴，味脆且鲜，以鸡汤煮得适宜，长圆的蚌肉，实在是色香味俱佳的神品。听说从前有一位海军当局者，老母病剧，颇思乡味；远在千里外，欲得一蚌肉，以解死前一刻的渴慕，部长纯孝，就以飞机运蚌肉至都。从这一件轶事看来，也可想见这蚌肉的风味了；我这一回赶上福州，正及蚌肉上市的时候，所以红烧白煮，吃尽了几百个蚌，总算也是此生的豪举，特笔记此，聊志口福。

蛎房并不是福州独有的特产，但福建的蛎房，却比江浙沿海一带所产的，特别的肥嫩清洁。正二三月间，沿路的摊头店里，到处都堆满着这淡蓝色的水包肉：价钱的廉，味道的鲜，比到东坡在岭南所贪食的蚝，当然只会得超过。可惜苏公不曾到闽海去谪居，否则，阳羡之田，可以不买，苏氏子孙，或将永寓在三山二塔之下，也说不定。福州人叫蛎房作"地衣"，略带"挨"字的尾声，写起字来，我想只有"蚶"字，可以当得。

在清初的时候，江瑶柱似乎还没有现在那么的通行，所以周亮工再三的称道，誉为逸品。在目下的福州，江瑶柱却并没有人提起了，鱼翅席上，缺少不得的，倒是一种类似宁波横脚蟹的蟹，福州人叫作"新恩"，《闽小纪》里所说的虎，大约就是此物。据福州人说，肉最滋补，也最容易消化，所以产妇病人以及体弱的人，往往爱吃。但由对蟹类素无好感的我看来，却仍赞成周亮工之言，终觉得质粗味劣，远不及蚌与蛎房或香螺的来得干脆。

福州海味的种类，除上述的三种以外，原也很多很多；但是别地方也有，我们平常在上海也常常吃得到的东西，记下来也没有什么价值，所以不说。至于与海错相对的山珍哩，却更是可以干制，可以输出的东西，益发的没有记述的必要了，所以在这里只想说一说叫作肉燕的那一种奇异的包皮。

初到福州，打从大街小巷里走过，看见好些店家，都有一个大砧头摆在店中；一两位壮强的男子，拿了木锥，只在对着砧上的一大块猪肉，一下一下的死劲地敲。把猪肉这样的乱敲乱打，究竟算什么回事？我每次看见，总觉得奇怪；后来向福州的朋友一打听，才知道这就是制肉燕的原料了。所谓肉燕者，将是将猪肉打得粉烂，和入面粉，然后再制成皮子，如包馄饨的外皮一样，用以来包制菜蔬的东西。听说这物事在福建，也只是福州独有的特产。

福州食品的味道，大抵重糖；有几家真正福州馆子里烧出来的鸡鸭四件，简直是同蜜饯的罐头一样，不杂入一粒盐花。因此福州人的牙齿，十人九坏。有一次去看三赛乐的闽剧，看见台上演戏的人，个个都是满口金黄；回头更向左右的观众一看，妇女子的嘴里也大半镶着全副的金色牙齿。于是天黄黄，地黄黄，弄得我这一向就痛恨金牙齿的偏执狂者，几乎想放声大哭，以为福州人故意在和我捣乱。

将这些脱嫌糖重的食味除起，若论到酒，则福州的那一种土黄酒，也还勉强可以喝得。周亮工所记的玉带春、梨花白、蓝家酒、碧霞酒、莲须白、河清、双夹、西施红、状元红等，我都不曾喝过，所以不敢品评。只有会城各处在卖的鸡老（酪）酒，颜色却和绍酒一样的红似琥珀，味道略苦，喝多了觉得头痛。听说这是以一生鸡，悬之酒中，等鸡肉鸡骨都化了后，然后开坛饮用的酒，自然也是越陈越好。福州酒店外面，都写酒库两字，发卖叫发扛，也是新奇得很的名称。以红糟酿的甜酒，味道有点像上海的甜白酒，不过颜色桃红，当是西施红等名目出处的由来。莆田的荔枝酒，颜色深红带黑，味甘甜如西班牙的宝德红葡萄，虽则名贵，但我却终不喜欢。福州一般宴客，喝的总还是绍兴花雕，价钱极贵，斤量又不足，而酒味也淡似沪杭各地，我觉得建庄终究不及京庄。

福州的水果花木，终年不断；橙柑、福橘、佛手、荔枝、龙眼、甘蔗、香蕉，以及茉莉、兰花、橄榄等等，都是全国闻名的品物；好事者且各有谱谍之著，我在这里，自然可以不说。

闽茶半出武夷，就是不是武夷之产，也往往借这名山为号召。铁罗汉，铁观音的两种，为茶中柳下惠，非红非绿，略带赭色；酒醉之后，喝它三杯两盏，头脑倒真能清醒一下。其他若龙团玉乳，大约名目总也不少，我不恋茶娇，终是俗客，深恐品评失当，贻笑大方，在这里只好轻轻放过。

从《闽小纪》中的记载看来，番薯似乎还是福建人开始从南洋运来的代食品；其后因种植的便利，食味的甘美，就流传到内地去了；这植物传播到中国来的时代，只在三百年前，是明末清初的时候，因亮工所记如此，不晓得究竟是否确实。不过福建的米麦，向来就说不足，现在也须仰给于外省或台湾，但田稻倒又可以一年两植。而福州正式的酒席，大抵总不吃饭散场，因为菜太丰盛了，吃到后来，总已个个饱满，用不着再以饭颗来充腹之故。

饮食处的有名处所，城内为树春园、南轩、河上酒家、可然亭等。味和小吃，亦佳且廉；仓前的鸭面，南门兜的素菜与牛肉馆，鼓楼西的水饺子铺，都是各有长处的小吃处；久吃了自然不对，偶尔去一试，倒也别有风味。城外在南台的西菜馆，有嘉宾、西宴台、法大、西来，以及前临闽江，内设戏台的广聚楼等。洪山桥畔的义心楼，以吃形同比目鱼的贴沙鱼著名；仓前山的快乐林，以吃小盘西洋菜见称，这些当然又是菜馆中的别调。至如我所寄寓的青年会食堂，地方清洁宽广，中西菜也可以吃吃，只是不同耶稣的飨宴十二门徒一样，不许顾客醉饮葡萄酒浆，所以正式请客，大感不便。

此外则福建特有的温泉浴场，如汤门外的百合、福龙泉，飞机场的乐天泉等，也备有饮馔供客；浴室往往在这些浴场里，可以鬼混一天，不必出外去买酒买食，却也便利。从前听说更可以在个人池内男女同浴，则饮食男女，就不必分求，一举竟可以两得了。

要说福州的女子，先得说一说福建的人种。大约福建土著的最初老百姓，为南洋近边的海岛人种；所以面貌习俗，与日本的九州一带，有点相像。其后汉族南下，与这些土人杂婚，就成了无诸种族，系在春秋战国，吴越争霸之后。到得唐朝，大兵入境；相传当时曾杀尽了福建的男子，只留下女人，以配光身的兵士；故而直至现在，福州人还呼丈夫为"唐晡人"，晡者系日暮袭来的意思，同时女人的"诸娘仔"之名，也出来了。还有现在东门外北门外的许多工女农妇，头上仍带着三把银刀似的簪为发饰，俗称她们作三把刀，据说犹是当时的遗制。因为她们的父亲丈夫儿子，都被外来的征服者杀了；她们誓死不肯从敌，故而时时带着三把刀在身边，预备复仇。只今台湾的福建籍妓女，听说也是一样；亡国到了现在，也已经有好多年了，而她们却仍不肯与日本的嫖客同宿。若有人破此旧习，而与日本嫖客同宿一宵者，同人中就视作禽兽，耻不与伍，这又是多么悲壮的一幕惨剧！谁说犹唱后庭花处，商女都不知家国的兴亡哩！试看汉奸到处卖国，而妓女乃不肯辱身，其间相去，又岂只泾渭的不同？这一种古代的人种，与唐人杂婚之后，一部分不完全唐化，仍保留着他们固有的生活习惯，宗教仪式的，就是现在仍旧退居在北门外万山深处的畲民。此外的一族，以水上为家，明清以后，一向被视为贱民，不时受汉人的蹂躏的，相传其祖先系蒙古人，自元亡后，遂贬为蛋户，俗呼科蹄。科蹄实为曲蹄之别音，因他们常常曲膝盘坐在船舱之内，两脚弯曲，故有此称。串通倭寇，骚扰沿海一带的居民，古时在泉州叫作泉郎的，就是这一种人种的旁支。

因为福州人种的血统，有这种种的沿革，所以福建人的面貌，和一般中原的汉族，有点两样。大致广颡深眼，鼻子与颧骨高突，两颊深陷成窝，下额部也稍稍尖凸向前。这一种面相，生在男人的身上，倒也并不觉得特别；

但一生在女人的身上，高突部为嫩白的皮肉所调和，看起来却个个都是线条刻画分明，像是希腊古代的雕塑人形了。福州女子的另一特点，是在她们的皮色的细白。生长在深闺中的宦家小姐，不见天日，白腻原也应该；最奇怪的，却是那些住在城外的工农佣妇，也一例地有着那种嫩白微红，像刚施过脂粉似的皮肤。大约日夕灌溉的温泉浴是一种关系，吃的闽江江水，总也是一种关系。

　　我们从前没有居住过福建，心目中总只以为福建人种，是一种蛮族。后来到了那里，和他们的文化一接触，才晓得他们虽则开化得较迟，但进步得却很快；又因为东南是海港的关系，中西文化的交流，也比中原僻地为频繁，所以闽南的有些都市，简直繁华摩登得可以同上海来争甲乙。及至观察稍深，一移目到了福州的女性，更觉得她们的美的水准，比苏杭的女子要高好几倍；而装饰的入时，身体的康健，比到苏州的小型女子，又得高强数倍都不止。

　　"天生丽质难自弃"，表露欲，装饰欲，原是女性的特嗜；而福州女子所有的这一种显示本能，似乎比什么地方的人还要强一点。因而天晴气爽，或岁时伏腊，有迎神赛会的关头，南大街，仓前山一带，完全是美妇人披露的画廊。眼睛个个是灵敏深黑的，鼻梁个个是细长高突的，皮肤个个是柔嫩雪白的；此外还要加上以最摩登的衣饰，与来自巴黎纽约的化装品的香雾与红霞，你说这幅福州晴天午后的全景，美丽不美丽？迷人不迷人？

亦惟因此之故，所以也影响到了社会，影响到了风俗。国民经济破产，是全国到处都一样的事实；而这些妇女子们，又大半是不生产的中流以下的阶级。衣食不足，礼义廉耻之凋伤，原是自然的结果，故而在福州住不上几月，就时时有暗娼流行的风说，传到耳边上来。都市集中人口以后，这实在也是一种不可避免而急待解决的社会大问题。

说及了娼妓，自然不得不说一说福州的官娼。从前邵武诗人张亨甫，曾著过一部《南浦秋波录》，是专记南台一带的烟花韵事的；现在世业凋零，景气全落，这些乐户人家，完全没有旧日的豪奢影子了。福州最上流的官娼，叫作白面处，是同上海的长三一样的款式。听几位久住福州的朋友说，白面处近来门可罗雀，早已掉在没落的深渊里了；其次还勉强在维持市面的，是以卖嘴不卖身为标榜的清唱堂，无论何人，只须化三元法币，就能进去听三出戏。就是这一时号称极盛的清唱堂，现在也一家一家的废了业，只剩了田墩的三五家人家。自此以下，则完全是惨无人道的下等娼妓，与野鸡款式的无名密贩了，数目之多，交售之切，到了骇人听闻的地步。至于城内的暗娼，包月妇，零售处之类，只听见公安维持者等谈起过几次，报纸上见到过许多回，内容虽则无从调查，但演绎起来，旁证以社会的萧条，产业的不振，国步的艰难，与夫人口的过剩，总也不难举一反三，晓得她们的大概。

　　总之，福州的饮食男女，虽比别处稍觉得奢侈，而福州的社会状态，比别处也并不见得十分的堕落。说到两性的纵弛，人欲的横流，则与风土气候有关，次热带的境内，自然要比温带寒带为剧烈。而食品的丰富，女子一般姣美与健康，却是我们不曾到过福建的人所意想不到的发见。

筷　子

老　舍

　　我听说过这样的一个笑话：有一位欧洲人，从书本上得到一点关于中国的知识。他知道中国人吃饭用筷子。有人问他：怎样用筷子呢？他回答：一手拿一根。

　　这是个可以原谅的错误。想象根据着经验。以一手持刀，一手持叉的经验来想象用筷子的方法，岂不是合理的错误么？

　　一点知识，最足误事。民族间的误会与冲突虽然有许多原因，可是彼此不相认识恐怕是重要的原因之一。筷子的问题并不很大，可是一手拿一根的说法，便近乎造谣。造谣就可以生事，而天下乱矣。据说：到今天为止，日本人还有相信中日之战是起于中国人乱杀日侨的呢。

还是以筷子来说吧。在一本西洋人写的关于中国的小说里有这么一段：一位西洋太太来到中国--当然是住在上海喽，她雇了一位中国厨师傅，没有三天，她把厨子辞掉了，因为他用筷子夹汤里的肉来尝着！在这里，筷子成了肮脏，野蛮的象征。筷子多么冤枉！人类的不求相知，不肯相知，筷子受了侮辱，

　　自然，天下还有许多比筷子大着许多倍的事。可痛心的是天下有许多人知道这些事牛羊知道的事很少，所以它们会被一个小儿牵着进屠场中。看吧，希特勒与墨索里尼曾把多少"人"赶到屠场去呀！

　　因此，我想，文化的宣传才是真正的建设的宣传，因为它会使人互相了解，互相尊敬，而后能互相帮忙。不由文化入手，而只为目前的某人某事作宣传，那就恐怕又落个一手拿一根筷子吧。

论吃饭

朱自清

　　我们有自古流传的两句话：一是"衣食足则知荣辱"，见于《管子·牧民》篇，一是"民以食为天"，是汉朝郦食其说的。这些都是从实际政治上认出了民食的基本性，也就是说从人民方面看，吃饭第一。另一方面，告子说，"食色，性也"，是从人生哲学上肯定了食是生活的两大基本要求之一。《礼记·礼运》篇也说到"饮食男女，人之大欲存焉"，这更明白。照后面这两句话，吃饭和性欲是同等重要的，可是照这两句话里的次序，"食"或"饮食"都在前头，所以还是吃饭第一。

　　这吃饭第一的道理，一般社会似乎也都默认。虽然历史上没有明白的记载，但是近代的情形，据我们的耳闻目见，似乎足以教我们相信从古如此。例如苏北的饥民群到江南就食，差不多年年有。最近天津《大公报》登载的费孝通先生的《不是崩溃是瘫痪》一文中就提到这个。这些难民虽然让人们讨厌，可是得给他们饭吃。给他们饭吃固然也有一二成出于慈善心，就是恻隐心，但是八九成是怕他们，怕他们铤而走险，"小人穷斯滥矣"，什么事做不出来！给他们吃饭，江南人算是认了。

可是法律管不着他们吗？官儿管不着他们吗？干吗要怕要认呢？可是法律不外乎人情，没饭吃要吃饭是人情，人情不是法律和官儿压得下的。没饭吃会饿死，严刑峻罚大不了也只是个死，这是一群人，群就是力量：谁怕谁！在怕的倒是那些有饭吃的人们，他们没奈何只得认点儿。所谓人情，就是自然的需求，就是基本的欲望，其实也就是基本的权利。但是饥民群还不自觉有这种权利，一般社会也还不会认清他们有这种权利；饥民群只是冲动的要吃饭，而一般社会给他们饭吃，也只是默认了他们的道理，这道理就是吃饭第一。

三十年夏天笔者在成都住家，知道了所谓"吃大户"的情形。那正是青黄不接的时候，天又干，米粮大涨价，并且不容易买到手。于是乎一群一群的贫民一面抢米仓，一面"吃大户"。他们开进大户人家,让他们煮出饭来吃了就走。这叫做"吃大户"。"吃大户"是和平的手段,照惯例是不能拒绝的,虽然被吃的人家不乐意。当然真正有势力的尤其有枪杆的大户,穷人们也识相,是不敢去吃的。敢去吃的那些大户,被吃了也只好认了。那回一直这样吃了两三天,地面上一面赶办平粜,一面严令禁止,才打住了。据说这"吃大户"是古风;那么上文说的饥民就食,该更是古风吧。

但是儒家对于吃饭却另有标准。孔子认为政治的信用比民食更重,孟子倒是以民食为仁政的根本;这因为春秋时代不必争取人民,战国时代就非争取人民不可。然而他们论到士人,却都将吃饭看做一个不足重轻的项目。孔子说,"君子固穷",说吃粗饭,喝冷水,"乐在其中",又称赞颜回吃喝不够,"不改其乐"。道学家称这种乐处为"孔颜乐处",他们教人"寻孔颜乐处",学习这种为理想而忍饥挨饿的精神。这理想就是孟子说的"穷则独善其身,达则兼善天下",也就是所谓"节"和"道"。孟子一方面不赞成告子说的"食色,性也",一方面在论"大丈夫"的时候列入了"贫贱不能移"一个条件。战国时代的"大丈夫",相当于春秋时的"君子",都是治人的劳心的人。这些人虽然也有饿饭的时候，但是一朝得了时，吃饭是不成问题的，不像小民往往一辈子为了吃饭而挣扎着。因此士人就不难将道和节放在第一，而认为吃饭好像是一个不足重轻的项目了。

伯夷、叔齐据说反对周武王伐纣，认为以臣伐君，因此不食周粟，饿死在首阳山。这也是只顾理想的节而不顾吃饭的。配合着儒家的理论，伯夷、叔齐成为士人立身的一种特殊的标准。所谓特殊的标准就是理想的最高的标准；二人虽然不一定人人都要做到这地步，但是能够做到这地步最好。

经过宋朝道学家的提倡，这标准更成了一般的标准，士人连妇女都要做到这地步。这就是所谓"饿死事小，失节事大"。这句话原来是论妇女的，后来却扩而充之普遍应用起来，造成了无数的残酷的愚蠢的殉节事件。这正是"吃人的礼教"。人不吃饭，礼教吃人，到了这地步总是不合理的。

士人对于吃饭却还有另一种实际的看法。北宋的宋郊、宋祁兄弟俩都做了大官，住宅挨着。宋祁那边常常宴会歌舞，宋郊听不下去，教人和他弟弟说，问他还记得当年在和尚庙里咬菜根否？宋祁却答得妙：请问当年咬菜根是为什么来着！这正是所谓"吃得苦中苦，方为人上人"。做了"人上人"，吃得好，穿得好，玩儿得好；"兼善天下"于是成了个幌子。照这个看法，忍饥挨饿或者吃粗饭、喝冷水，只是为了有朝一日可以大吃大喝，痛快的玩儿。吃饭第一原是人情，大多数士人恐怕正是这么在想。不过宋郊、宋祁的时代，道学刚起头，所以宋祁还敢公然表示他的享乐主义；后来士人的地位增进，责任加重，道学的严格的标准掩护着也约束着在治者地位的士人，他们大多数心里尽管那么在想，嘴里却就不敢说出。嘴里虽然不敢说出，可是实际上往往还是在享乐着。于是他们多吃多喝，就有了少吃少喝的人；这少吃少喝的自然是被治的广大的民众。

民众，尤其农民，大多数是听天由命安分守己的，他们惯于忍饥挨饿，几千年来都如此。除非到了最后关头，他们是不会行动的。他们到别处就食，抢米，吃大户，甚至于造反，都是被逼得无路可走才如此。这里可以注意的是他们不说话；"不得了"就行动，忍得住就沉默。他们要饭吃，却不知道自己应该有饭吃；他们行动，却觉得这种行动是不合法的，所以就索性不说什么话。说话的还是士人。他们由于印刷的发明和教育的发展等等，人数加多了，吃饭的机会可并不加多，于是许多人也感到吃饭难了。这就有了"世上无如吃饭难"的慨叹。虽然难，比起小民来还是容易。因为他们究竟属于治者，"百足之虫，死而不僵"，有的是做官的本家和亲戚朋友，总得给口饭吃；这饭并且总比小民吃的好。孟子说做官可以让"所识穷乏者得我"，自古以来做了官就有引用穷本家穷亲戚穷朋友的义务。到了民国，黎元洪总统更提出了"有饭大家吃"的话。这真是"菩萨"心肠，可是当时只当作笑话。原来这句话说在一位总统嘴里，就是贤愚不分，赏罚不明，就是糊涂。然而到了那时候，这句话却已经藏在差不多每一个士人的心里。

难得的倒是这糊涂！

第一次世界大战加上五四运动，带来了一连串的变化，中华民国在一颠一拐的走着之字路，走向现代化了。我们有了知识阶级，也有了劳动阶级，有了索薪，也有了罢工，这些都在要求"有饭大家吃"。知识阶级改变了士人的面目，劳动阶级改变了小民的面目，他们开始了集体的行动；他们不能再安贫乐道了，也不能再安分守己了，他们认出了吃饭是天赋人权，公开的要饭吃，不是大吃大喝，是够吃够喝，甚至于只要有吃有喝。然而这还只是刚起头。到了这次世界大战当中，罗斯福总统提出了四大自由，第四项是"免于匮乏的自由"。"匮乏"自然以没饭吃为首，人们至少该有免于没饭吃的自由。这就加强了人民的吃饭权，也肯定了人民的吃饭的要求；这也是"有饭大家吃"，但是着眼在平民，在全民，意义大不同了。

抗战胜利后的中国，想不到吃饭更难，没饭吃的也更多了。到了今天一般人民真是不得了，再也忍不住了，吃不饱甚至没饭吃，什么礼义什么文化都说不上。这日子就是不知道吃饭权也会起来行动了，知道了吃饭权的，更怎么能够不起来行动，要求这种"免于匮乏的自由"呢？于是学生写出"饥饿事大，读书事小"的标语，工人喊出"我们要吃饭"的口号。这是我们历史上第一回一般人民公开的承认了吃饭第一。这其实比闷在心里糊涂的骚动好得多；这是集体的要求，集体是有组织的，有组织就不容易大乱了。可是有组织也不容易散；人情加上人权，这集体的行动是压不下也打不散的，直到大家有饭吃的那一天。

"靠天吃饭"

鲁　迅

　　"靠天吃饭说"是我们中国的国宝。清朝中叶就有《靠天吃饭图》的碑，民国初年，状元陆润庠先生也画过一张：一个大"天"字，末一笔的尖端有一位老头子靠着，捧了碗在吃饭。这图曾经石印，信天派或嗜奇派，也许还有收藏的。

　　而大家也确是实行着这学说，和图不同者，只是没有碗捧而已。这学说总算存在着一半。

　　前一月，我们曾经听到过嚷着"旱象已成"，现在是梅雨天，连雨了十几日，是每年必有的常事，又并无飓风暴雨，却又到处发现水灾了。植树节所种的几株树，也不足以挽回天意。"五日一风，十日一雨"的唐虞之世，去今已远，靠天而竟至于不能吃饭，大约为信天派所不及料的罢。到底还是做给俗人读的《幼学琼林》聪明，曰："轻清者上浮而为天"，"轻清"而又"上浮"，怎么一个"靠"法。

古时候的真话，到现在就有些变成谎话。大约是西洋人说的罢，世界上穷人有份的，只有日光空气和水。这在现在的上海就不适用，卖心卖力的被一天关到夜，他就晒不着日光，吸不到好空气；装不起自来水的，也喝不到干净水。报上往往说："近来天时不正，疾病盛行"，这岂只是"天时不正"之故，"天何言哉"，它默默地被冤枉了。

但是，"天"下去就要做不了"人"，沙漠中的居民为了一塘水，争夺起来比我们这里的才子争夺爱人还激烈，他们要拚命，决不肯做一首"阿呀诗"就了事。洋大人斯坦因博士，不是从甘肃敦煌的沙里掘去了许多古董么？那地方原是繁盛之区，靠天的结果，却被天风吹了沙埋没了。为制造将来的古董起见，靠天确也是一种好方法，但为活人计，却是不大值得的。

一到这里，就不免要说征服自然了，但现在谈不到，"带住"可也。

七月一日。

读《中国吃》

梁实秋

  中国人馋，也许北平人比较起来最馋。馋，若是译成英文很难找到适当的字。译为piggish，gluttonous，greedy都不恰，因为这几个字令人联想起一副狼吞虎咽的饕餮相，而真正馋的人不是那个样子。中国宫廷摆出满汉全席，富足人家享用烤乳猪的时候，英国人还在用手抓菜吃，后来知道用刀叉也常常是在宴会中身边自带刀叉备用，一般人怕还不知蔗糖、胡椒为何物。文化发展到相当程度，人才知道馋。

  读了唐鲁孙先生的《中国吃》，一似过屠门而大嚼，使得馋人垂涎欲滴。唐先生不但知道的东西多，而且用地道的北平话来写，使北平人觉得益发亲切有味，忍不住，我也来饶舌。

　　现在正是吃焄烤涮的时候，事实上一过中秋焄烤涮就上市了，不过要等到天真冷下来，吃焄烤涮才够味道。东安市场的东来顺生意鼎盛，比较平民化一些，更好的地方是前门肉市的正阳楼。那是一个弯弯曲曲的陋巷，地面上经常有好深的车辙，不知现在拓宽了没有。正阳楼的雅座在路东，有两个院子，有十来个座儿。前院放着四个烤肉支子，围着几条板凳。吃烤肉讲究一条腿踩在凳子上，做金鸡独立状，然后探着腰自烤自吃自酌。正阳楼出名的是螃蟹，个儿特别大，别处吃不到，因为螃蟹从天津运来，正阳楼出大价钱优先选择，所以特大号的螃蟹全在正阳楼，落不到旁人手上。买进之后要在大缸里养好几天，每天浇以鸡蛋白，所以长得个个顶盖儿肥。客人进门在二道门口儿就可以看见一大缸一大缸的"无肠公子"。平常一个人吃一尖一团就足够了，佐以高粱最为合适。吃螃蟹的家伙也很独到，一个小圆木盘，一只小木槌子，每客一副。如果你觉得这套家伙好，而且你又是常客，临去带走几副也无所谓，小账当然要多给一点。螃蟹吃过之后，烤肉、涮肉即可开始。肉是羊肉，不像烤肉季、烤肉宛那样以牛肉为主。正阳楼切羊肉的师傅是一把手，他用一块抹布包在一条羊肉上（不是冰箱冻肉），快刀慢切，切得飞薄。黄瓜条、三叉儿、大肥片儿、上脑儿，任听尊选。一盘没有几片，够两筷子。如果喜欢吃涮的，早点吩咐伙计升好锅子熬汤，熟客还可以要一个锅子底儿，那就是别人涮过的剩汤，格外浓。如果要吃烤的，自己到院子里去烤，再不然就教伙计代劳。正阳楼的烧饼也特别，薄薄的两层皮儿，没有瓤儿，烫手热。撕开四分之三，掰开了一股热气喷出，把肉往里一塞，又香又软又热又嫩。吃过螃蟹、烤羊肉之后，要想喝点什么便感觉到很为难，因为在那鲜美的食物之后无以为继，喝什么汤也没有滋味了。有高人指点，螃蟹、烤肉之后唯一压得住阵脚的是余大甲，大甲就是螃蟹的螯，剥出来的大块螯肉在高汤里一余，加芫荽末，加胡椒面儿，撒上回锅油炸麻花儿。只有这样的一碗汤，香而不腻。以蟹始，以蟹终，吃得服服帖帖。烤羊肉这种东西，很容易食过量，饭后备有普洱酽茶帮助消化，向堂倌索取即可，否则他是不送上的。如果有人贪食过量，当场动弹不得，撑得翻白眼儿，人家还备有特效解药，那便是烧焦了的栗子，磨成灰，用水服下，包管你肚子里咕噜咕噜响，躺一会儿就没事了。雅座都有木炕可供小卧。正阳楼也卖普通炒菜，不过吃主总是专吃它的螃蟹、羊肉。台湾也有所谓蒙古烤肉，铁支子倒是蛮大的，羊肉的质料不能和口外的绵羊比，而且烤的佐料也不大对劲，什么红萝卜丝、辣椒油全羼上去了。烧饼是小厚墩儿，好厚的心子，肉夹不进去。

上面说到焅烤涮，焅是什么？焅或写作"爆"。是用一面平底的铛放在炉子上，微火将铛烧热，用焦煤、木炭、柴均可。肉蘸了酱油、香油，拌了葱、姜之后，在铛上滚来滚去就熟了，这叫作铛焅羊肉，味清淡，别有风味，中秋过后什刹海路边上就有专卖铛焅羊肉的摊子。在家里用烙饼的小铛也可以对付。至于普通馆子的焅羊肉，大火旺油加葱爆炒，那就是另外一码子事了。

东兴楼是数一数二的大馆子，做的是山东菜。山东菜大致分为两帮，一是烟台帮，一是济南帮，菜数作风不同。丰泽园、明湖春等比较后起，属于济南帮。东兴楼是属于烟台帮。别看东兴楼是大馆子，他们保存旧式作风，厨房临街，以木栅做窗，为的是便利一般的"口儿厨子"站在外面学两手儿。有手艺的人不怕人学，因为很难学到家。客人一掀布帘进去，柜台前面一排人，大掌柜的、二掌柜的、执事先生，一齐点头哈腰："二爷您来啦！""三爷您来啦！"山东人就是不喊人做大爷，大概是因为武大郎才是大爷之故。一声"看座"，里面的伙计立刻应声。二门有个影壁，前面大木槽养着十条八条的活鱼。北平不是吃海鲜的地方，大馆子总是经常备有活鱼。东兴楼的菜以精致著名，调货好，选材精，规规矩矩。炸脸一定去里儿，爆肚儿一定去草芽子。爆肚仁有三种做法，油爆、盐爆、汤爆，各有妙处，这道菜之最可人处是在触觉上，嚼上去不软不硬不韧而脆，雪白的肚仁衬上绿的香菜梗，于色、香、味之外还加上触，焉得不妙？我曾一口气点了油爆、盐爆、汤爆三件，真乃下酒的上品。芙蓉鸡片也是拿手，片薄而大，衬上三五根豌豆苗，盘子里不汪着油。烩乌鱼钱带割雏儿也是著名的。乌鱼钱又名乌鱼蛋，"蛋"字犯忌，故改为"钱"，实际是鱼的卵巢。割雏儿是山东话，鸡血的代名词，我问过许多山东朋友，都不知道这两个字如何写法，只是读如"割雏儿"。锅烧鸡也是一绝，油炸整只子鸡，堂倌拿到门外廊下手撕之，然后浇以烩鸡杂一小碗。就是普通的肉末夹烧饼，东兴楼的也与众不同，肉末特别精、特别细，肉末是切的，不是斩的，更不是机器轧的。拌鸭掌到处都有，东兴楼的不夹带半根骨头，垫底的

188

黑木耳适可而止。糟鸭片没有第二家能比，上好的糟，糟得彻底。一九二六年夏，一批朋友从外国游学归来，时昭瀛意气风发要大请客，指定东兴楼，要我做提调，那时候十二元一席就可以了，我订的是三十元一桌，内容丰美自不消说，尤妙的是东兴楼自动把埋在地下十几年的陈酿花雕起了出来，羼上新酒，芬芳扑鼻，这一餐吃得杯盘狼藉，皆大欢喜。只是风流云散，故人多已成鬼，盛筵难再了。东兴楼于抗战期间在日军高压之下停业，后来在帅府园易主重张，胜利后曾往尝试，则已面目全非，当年手艺不可再见。

致美楼，在煤市街，路西的是雅座，称致美斋，厨房在路东，斜对面。也是属于烟台一系，菜式比东兴楼稍粗一些，价亦稍廉，楼上堂倌有一位初仁义，满口烟台话，一团和气。咸白菜、酱萝卜之类的小菜，向例是伙计们准备，与柜上无涉，其中有一色是酱豆腐汁拌嫩豆腐，洒上一勺麻油，特别好吃。我每次去，初仁义先生总是给我一大碗拌豆腐，不是一小碟。后来初仁义升做掌柜的了。我最欢喜的吃法是要两个清油饼（即面条盘成饼状下锅油煎），再要一小碗烩两鸡丝或烩虾仁，往饼上一浇。我给起了个名字，叫过桥饼。致美斋的煎馄饨是别处没有的，馄饨油炸，然后上屉一蒸，非常别致。砂锅鱼翅炖得很烂，不大不小的一锅足够三五个人吃，虽然用的是翅根儿，不能和黄鱼尾比，可是几个人小聚，得此亦是最好不过的下饭的菜了。还有芝麻酱拌海参丝，加蒜泥，冰得凉凉的，在夏天比什么冷荤都强，至少比里脊丝拉皮儿要高明得多。到了快过年的时候，致美斋特制萝卜丝饼和火腿月饼，与众不同，主要是用以馈赠长年主顾，人情味十足。初仁义每次回家，都带新鲜的烟台苹果送给我，有一回还带了几个莱阳梨。

厚德福饭庄原先是个烟馆，附带着卖一些馄饨、点心之类供烟客消夜。后来到了袁氏当国，河南人大走红运，厚德福才改为饭馆。老掌柜的陈莲堂是河南人，高高大大的，留着山羊胡子，满口河南土音，在烹调上确有一手。当年河南开封是办理河工的主要据点，河工是肥缺，连带着地方也富庶起来，饭馆业跟着发达，这就和扬州为盐商汇集的地方所以饮宴一道也很发达完全一样。袁氏当国以后，河南菜才在北平插进一脚，以前全是山东人的天下。厚德福地方太小，在大栅栏一条陋巷的巷底，小小的招牌，看起来不起眼，有人连找都不易找到。楼上楼下只有四个小小的房间，外加几个散座。

可是名气不小，吃客没有不知道厚德福的。最尴尬的是那楼梯，直上直下的，坡度极高，各层相隔甚巨。厚德福的拿手菜，大家都知道，包括瓦块鱼，其所以做得出色主要是因为鱼新鲜肥大，只取其中段，不惜工本，成绩怎能不好？勾汁儿也有研究，要浓稀甜咸合度。吃剩下的汁儿焙面，那是骗人的，根本不是面，是刨番薯丝，要不然炸出来怎能那么酥脆？另一道名菜是铁锅蛋，说穿了也就是南京人所谓涨蛋，不过厚德福的铁锅更能保温，端上桌还久久地嗞嗞响。我的朋友赵太侔曾建议在蛋里加上一些美国的cheese碎末，试验之后风味绝佳，不过不喜欢cheese的人说不定会"气死"！炒鱿鱼卷也是他们的拿手菜，好在发得透，切得细，旺油爆炒。核桃腰也是异曲同工的菜，与一般炸腰花不同之处是他的刀法好，火候对，吃起来有咬核桃的风味。后有人仿效，真个地把核桃仁加进腰花一起炒，那真是不对意思了。最值一提的是生炒鳝鱼丝。鳝鱼味美，可是山东馆不卖这一道菜，谁要是到东兴楼、致美斋去点鳝鱼，那简直是开玩笑。淮扬馆子做的软儿或是炝虎尾也很好吃，但风味不及生炒鳝鱼丝，因为生炒才显得脆嫩。在台湾吃不到这个菜。华西街有一家海鲜店写着"生炒鳝鱼"四个大字，尚未尝试过，不知究竟如何。厚德福还有一味风干鸡，到了冬天一进门就可以看见房檐下挂着一排鸡去了脏腑，留着羽毛，填进香料和盐，要挂很久，到了开春即可取食。风干鸡下酒最好，异于熏鸡、卤鸡、烧鸡、白切油鸡。

厚德福之生意突然猛进是由于民初先农坛城南游艺园开放。陈掌柜托警察厅的朋友帮忙抢先弄到营业执照，匾额就是警察厅擅写魏碑的那一位刘勃安先生的手笔（北平大街小巷的路牌都是出自他手）。平素陈掌柜培养了一批徒弟，各有专长，例如，梁西臣善使旺油，最受他的器重。他的长子陈景裕一直跟着父亲做生意。盈利所得，同伙各半，因此柜上、灶上、堂口上融洽合作。城南游艺园风光了一阵子，因楼塌砸死了人而歇业，厚德福分号也只好跟着关门。其充足的人力、财力无处发泄，老店地势局促不能扩展，而且他们笃信风水，绝对不肯迁移。于是乎厚德福向国内各处展开，沈阳、长春、黑龙江、西安、青岛、上海、香港、昆明、重庆、北碚等处分号次第成立，现在情形如何就不知道了。厚德福分号既多，人手渐不敷用，同时菜式也变了质，不复能维持原有作风。例如，各地厚德福以北平烤鸭著名，那就是难以令人逆料的事。

说起烤鸭，也有一段历史。

北平不叫烤鸭，叫烧鸭子。因为不是喂养长大的，是填肥的，所以有填鸭之称。填鸭的把式都是通州人，因为通州是运河北端起点，富有水利，宜于放鸭。这种鸭子羽毛洁白，非常可爱，与野鸭迥异。鸭子到了适龄的时候，便要开始填。把式坐在凳子上，把只鸭子放在大腿中间一夹，一只手掰开鸭子的嘴，一只手拿一根比香肠粗而长的预先搓好的饲料硬往鸭嘴里塞，塞进嘴之后顺着鸭脖子往下捋，然后再一根下去，再一根下去……填得鸭子摇摇晃晃。这时候把鸭子往一间小屋里一丢，小屋里拥挤不堪，绝无周旋余地，想散步是万不可能的。这样填个十天半个月，鸭子还不蹲膘？

吊炉烧鸭是由酱肘子铺发卖，以从前的老便宜坊为最出名，之后金鱼胡同西口的宝华春也还不错。饭馆子没有自己烤鸭子的，除了全聚德以专卖鸭全席之外。厚德福不卖烧鸭，只有分号才卖，起因是柜上有一位张诗舫先生，精明能干，好多处分号成立都是他去打头阵，他是通州人，填鸭是内行，所以就试行发卖北平烤鸭了。我在北碚的时候，他去筹设分号，最初试行填鸭，填死了三分之一，因为鸭种不对，禁不住填，后来减轻填量才获相当的成功。吊炉烧鸭不能比叉烧烤鸭，吊炉烧鸭因为是填鸭，油厚，片的时候是连皮带油带肉一起片。叉烧烤鸭一般不用填鸭，只拣稍微肥大一点的就行了，预先挂起晾干，烤起来皮和肉容易分离，中间根本没有黄油，有些饭馆干脆把皮揭下盛满一大盘子上桌，随后再上一盘子瘦肉。那焦脆的皮固然也很好吃，然而不是吊炉烧鸭的本来面目。现在台湾的烤鸭，都不是填鸭，有那份手艺的人不容易找。至于广式的烧鸭以及电烤鸭，那都是另一个路数了。

在福全馆吃烧鸭最方便，因为有个酱肘子铺就在右手不远，可以喊他送一只过来，鸭架装打卤，斜对面灶温叫几碗一窝丝，实在最为理想，宝华春楼上也可以吃烧鸭，现烧现片，烫手热，附带着供应薄饼、葱、酱、盒子菜，丰富极了。

在《中国吃》这本书里，唐先生还提起锡拉胡同玉华台的汤包，那的确是一绝。

玉华台是扬州馆，在北平算是后起的，好像是继春华楼而起的第一家扬州馆，此后如八面槽的淮扬春以及许多什么什么春的也都跟着出现了。玉华台的大师傅是从东堂子胡同杨家（杨世骧）出来的，手艺高超。我在北平的时候，北大外系女生杨毓恂小姐毕业时请外文系教授们吃玉华台，胡适之先生也在座，若不是胡先生即席考证我还不知杨小姐就是东堂子胡同杨家的千金。老东家的小姐出面请客，一切伺候那还错得了？最拿手的汤包当然也格外加工加细。从笼里取出，需用手握住包子的褶儿，猛然提取，若是一犹疑就怕要皮破汤流不堪设想。其实这玩意儿是吃个新鲜劲儿。谁吃包子尽吮汤呀？而且那汤原是大量肉皮冻为主，无论加什么材料进去，味道不会十分鲜美。包子皮是烫面做的，微有韧性，否则包不住汤。我平常在玉华台吃饭，最欣赏它的水晶虾饼，厚厚的扁圆形的摆满一大盘，洁白无瑕，几乎是透明的，入口软脆而松。做这道菜的诀窍是用上好白虾，羼进适量的切碎的肥肉，若完全是虾既不能脆更不能透明，入温油徐徐炸之，不要焦，焦了就不好看。不说穿了，谁也不知道里头有肥肉，怕吃肥肉的人最好少下箸为妙。一般馆子的炸虾球也差不多是一个做法，可能羼了少许芡粉，也可能不完全是白虾。玉华台还有一道核桃酪也做得好，当然根本不是酪，是磨米成末，拧汁过滤（这一道手续很重要，不过滤则渣粗），然后加入红枣泥（去皮）使微呈紫红色，再加入干核桃磨成的粉，取其香。这一道甜汤比什么白木耳莲子羹或罐头水果充数的汤要强得多。在家里也可以做，泡好白米捣碎取汁，和做杏仁茶的道理一样。自己做的核桃酪我发觉比馆子里大量出品的还要精细可口些。

北平的吃食，怎么说也说不完。唐鲁孙先生见多识广，实在令人佩服。我虽然也是北平生长大的，但接触到的生活面很窄。有一回齐如山老先生问我吃过哈达门外的豆腐脑没有，我说没有，他便约了几个人（好像陈纪滢先生在内）到哈达门外路西一个胡同里，那里有好几家专卖豆腐脑的店，碗大卤鲜豆腐嫩，比东安市场的高明得多。这虽然是小吃，没人指引也就不得其门而入。又例如，灌肠是我最喜爱的食物，煎得焦焦的，那油不是普通的油，是卖"熏鱼儿的"作坊所撇出来的油，有说不出的味道。所谓卖"熏鱼儿"的，当初是有小条的熏鱼卖，后来熏鱼就不见了，只有猪头肉、肠子、肝脑、猪心，等等。小贩背着木箱串胡同，口里吆喝着："面筋哟！"其实卖的是猪头肉等，面筋早已不见了，而你喊他过来的时候却要喊："卖熏鱼儿的！"这真是一怪。有人告诉我要吃真正的灌肠需要到后门外桥头儿上那一家去，那才是真正的灌肠，又粗又壮的肠子就和别处不同，而且是用真正的猪肠。这一说明把我吓退，猪肠太肥，至今不曾去尝试过，可是有人说那味道确实不同。小吃还有这么多讲究，饭馆子、饭庄子里面的学问当然更大了去了。我写此短文，不是为唐先生的大文做补充，要补充我也补充不了多少，我只是读了唐先生的书，心里一痛快，信口开河，凑个趣儿。

再谈中国吃

梁实秋

前些时候写了一篇《读〈中国吃〉》，乃是读了唐鲁孙先生大作，一时高兴，补充了一些材料，还有劳郑百因先生给我做了笺注。后来我又写了一篇《酪》，一篇《面条》，除了嘴馋之外也还带有几许乡愁。有些朋友们鼓励我多写几篇这一类的文字，但是也有人在一旁"挑眼"。

民以食为天，这句话见《史记·郦生陆贾列传》，"王者以民人为天，而民人以食为天"。所谓天，乃表示其崇高重要之意。《洪范》八政，一曰食。文子所说"老子曰，食者民之本也，民者国之基也"，也是这个意思。对于这个自古以来即公认的人生首要之事，谈谈何妨？人有富贵贫贱之别，食当然有精粗之分。大抵古时贫富的差距不若后世之甚。所谓鼎食之家，大概也不过是五鼎食。日食万钱，犹云无下箸处，是后来的事。我看元朝忽思慧撰《饮膳正要》，可以说是帝王之家的食谱，其中所列水陆珍馐种类不少，以云烹调仍甚简陋。晚近之世，奢靡成风，饮食一道乃得精进。扬州素称胜地，富商云集，其烹调之术独步一时，苏、杭、川，实皆不出其范畴。黄河河工乃著名之肥缺，饮宴之精自其余事，故汴、洛、鲁，成一体系。闽粤通商口岸，市面繁华，所制馔食又是一番景象。至于近日报纸喧腾的"满汉全席"，那是低级趣味荒唐的噱头。以我所认识的人而论，我不知道当年有谁见过这样的世面。北平北海的仿膳，据说掌灶的是御膳房出身，能做一百道菜的全席，我很惭愧不曾躬逢其盛，只吃过称屧有栗子面的小窝头，看他所做普通菜肴的手艺，那满汉全席不吃也罢。

　　一般吃菜均以馆子为主。其实饭馆应以灶上的厨师为主，犹如戏剧之以演员为主。一般的情形，厨师一换，菜可能即走样。师傅的绝技，其中也有一点天分，不全是技艺。我举一个例，"瓦块鱼"是河南菜，最拿手的是厚德福，在北平没有第二家能做。我曾问过厚德福的老掌柜陈莲堂先生，做这一道菜有什么诀窍。我那时候方在中年，他已经是六十左右的老者。他对我说："你想吃就来吃，不必问。"事实上我每次去，他都亲自下厨，从不假手徒弟。我坚持要问，他才不惮其烦地从选调货起（调货即材料），一步一步讲到最后用剩余的甜汁焙面止。可是真要做到色、香、味俱全，那全在掌勺的存乎一心，有如庖丁解牛，不仅是艺，而是近于道了，他手下的徒弟前后二十多位，真正眼明手快懂得如何使油的只有梁西臣一人。瓦块鱼，要每一块都像瓦块，不薄不厚微微翘卷，不能带刺，至少不能带小刺，颜色淡淡的微黄，黄得要匀，勾汁要稠稀合度不多不少而且要透明——这才合乎标准，颇不简单，陈老掌柜和他的高徒均早已先后作古，我不知道谁能继此绝响！如果烹调是艺术，这种艺术品不能长久存留，只能留在人的齿颊间，只能留在人的回忆里，这真是无可奈何的事。

一个饭馆的菜只能有三两样算是拿手，会吃的人到什么馆子点什么菜，堂倌知道你是内行，另眼看待，例如，鳝鱼一味，不问是清炒、黄烂、软兜、烩拌，只是淮扬或河南馆子最为擅长。要吃爆肚仁，不问是汤爆、油爆、盐爆，非济南或烟台帮的厨师不办。其他如川湘馆子、广东馆子、宁波馆子莫不各有其招牌菜。不过近年来，人口流动得太厉害，内行的吃客已不可多得，暴发的人多，知味者少，因此饭馆的菜有趋于混合的态势，同时，师傅、徒弟的关系越来越淡，稍窥门径的二把刀也敢出来做主厨，馆子的业务尽管发达，吃的艺术却在走下坡路。

　　酒楼、饭馆是饮宴应酬的场所，是有些闲人雅士在那里修食谱，但是时势所趋，也有不少人在那里只图一个醉饱。我们谈中国吃，本不该以谈饭馆为限，正不妨谈我们的平民的吃。我小时候，一位同学自甘肃来到北平，看见我们吃白米、白面，惊异得不得了，因为他的家乡日常吃的是"糊"——杂粮熬成的粥。

　　我告诉他我们河北乡下人吃的是小米面贴饼子，城里的贫民吃的是杂合面窝头。山东人吃的锅盔，那份硬，真得牙口好才行，这是主食，副食呢，谈不到，有棵葱或是大腌萝卜"棺材板"就算不错。在山东，吃红薯的人很多。全是碳水化合物，热量足够，有得多，蛋白质则只好取给于豆类。这样的吃食维持了一般北方人的生存。"好吃不过饺子"是华北乡下的话，姑奶奶回娘家或过年才包饺子。乡下孩子们都知道，鸡蛋不是为吃的，是为卖的。摊鸡蛋卷饼只有在款待贵宾时才得一见。乡下也有油吃，菜油、花生油、豆油之类，但是吃法奇绝，不用匙舀，用一根细木棒套上一枚有孔的铜钱，伸到油瓶里，凭这铜钱一滴一滴把油带出来，这名叫"钱油"。一晃好几十年了，现在情形如何我不知道，应该比以前好一些才对。华北情形较穷苦，江南要好得多。

平民吃苦，但是在手头比较宽裕的时候，也知道怎样去打牙祭。例如，在北平从前有所谓"二荤铺"，茶馆兼营饭馆，戴毡帽系褡包的朋友们可以手托着几两猪肉，提着一把韭黄、蒜苗之类，进门往柜台上一撂，喊一声："掌柜的！"立刻就有人过来把东西接过去，不大工夫一盘热腾腾的肉丝炒韭黄或肉片焖蒜苗给你端到桌上来。我有一次看见一位彪形大汉，穿灰布棉袍——底襟一角塞在褡包上，一望即知是一个赶车的，他走进"灶温"独据一桌，要了一斤家常饼分为两大张，另外一大碗炖羊肉，大葱一大盘，把半碗肉倒在一张饼上，卷起来像一根柱子，两手捧扶，左边一口，右边一口，然后中间一口，这个动作连做几次一张饼不见了，然后进行第二张，直到最后他吃得满头大汗，青筋暴露。我生平看人吃东西痛快淋漓以此为最。现在台湾，劳动的人在吃食方面普遍地提高，工农界的穷苦人坐在路摊上大啃鸡腿、牛排是很寻常的现象了。

　　平民食物常以各种摊贩的零食来做补充。我写过一篇《北平的零食小吃》记载那个地方的特别食物。各地零食都有一个特点不知大家注意到没有，那就是不分阶层，雅俗共赏。成都附近的牌坊面，往来仕商以至贩夫走卒谁不停下来吃几碗？德州烧鸡，火车上的乘客不分等级都伸手窗外抢购。杭州西湖满家陇的桂花栗子，平湖秋月的藕粉，我相信人人都有兴趣。北平的豆汁儿、灌肠、熏鱼儿、羊头肉，是很低级的食物，但是大宅门同样地欢迎照顾。

　　我常觉得我们中国人的吃，不可忽略的是我们的家常便饭。每个家庭主妇大概都有几样烹饪上的独得之秘。有人告诉我，广东的某些富贵人家每一位姨太太有一样拿手菜，老爷请客时便由几位姨太太各显其能加起来成为一桌盛筵。这当然不能算是我所说的家常便饭。有一位朋友告诉我，从前南京的谭院长每次吃烤乳猪是派人到湖南桂东县专程采办肥小猪乘飞机运来的，这当然也不在家常便饭范围之内。记得胡适之先生来台湾，有人在家里请他吃饭，彭厨亲来外会，使出浑身解数做了十道菜，主人谦逊地说："今天没预备什么，只是家常便饭。"胡先生没说什么，在座的齐如山先生说话了："这样的家常便饭，怕不要吃穷了？"我所说的家常便饭是真正的家常便饭，如焖扁豆、茄子之类，别看不起这种菜，做起来各有千秋。我从前在北平认识一些旗人朋友，他们真是会吃。我举两个例：炸酱面谁都吃过，但是那碗酱如何炸法大有讲究。肉丁也好，肉末也好，酱少了不好吃，酱多了太咸，我在某一家里学得了一个妙法。酱里加炸茄子，一碗酱变成了两碗，而且味道特佳。酱要干炸，稀糊糊的就不对劲。又有一次在朋友家里吃薄饼，在宝华春叫了一个盒子，家里配上几个炒菜，那一盘摊鸡蛋有考究，摊好了之后切成五六厘米宽的长条，这样夹在饼里才顺理成章，虽是小节，具见用心。以后我看见"合菜戴帽"就觉得太简陋，那薄薄的一顶帽子如何撕破分配均匀？馆子里的菜数虽然较精，一般却嫌油大，味精太多，不如家里的青菜豆腐。可是也有些家庭主妇招待客人，偏偏要模仿饭馆宴席的规模，结果是弄巧反拙四不像了。

常听人说，中国菜天下第一，说这话的人应该是品尝过天下的菜。我年幼无知的时候也说过这样的话，如今不敢这样放肆，因为关于中国吃所知已经不多，外国的吃我所知更少。一般人都说只有法国菜可以和中国菜比，法国我就没有去过。美国的吃略知一二，但可怜得很，在学生时代只能作起码的糊口之计，时常是两个三明治算是一顿饭，中上阶层的饮膳情形根本一窍不通。以后在美国旅游也是为了撙节，从来不曾为了口腹而稍有放肆，所以对于中西之吃，我不愿做比较、判断。我只能说，鱼翅、燕窝、鲍鱼、熘鱼片、炒虾仁，以至于炸春卷、咕噜肉……美国人不行，可是讲到汉堡、三明治、各色冰激凌，以至于烤牛排……我们中国还不能望其项背。我并不"崇洋"，我在外国住，我还吃中国菜，周末出去吃馆子，还是吃中国馆子，不是一定中国菜好，是习惯。我常考虑，我们中国的吃，上层社会偏重色、香、味，蛋白质太多，下层社会蛋白质不足，碳水化合物太多，都是不平衡，问题是很严重的。我们要虚心地多方研究。